COMO SE FOSSE
fanfic

COMO SE FOSSE
fanfic

VICTORIA MENDES

Índice

Capítulo 1 ★ Alice Cooper - 11

Capítulo 2 ★ Lia Steele - 21

Capítulo 3 ★ Alice Cooper - 31

Capítulo 4 ★ Lia Steele - 41

Capítulo 5 ★ Alice Cooper - 49

Capítulo 6 ★ Lia Steele - 61

Capítulo 7 ★ Alice Cooper - 71

Capítulo 8 ★ Lia Steele - 81

Capítulo 9 ★ Alice Cooper - 95

Capítulo 10 ★ Lia Steele - 107

Capítulo 11 ★ Alice Cooper - 119

Capítulo 12 ★ Lia Steele - 129

Capítulo 13 ★ Alice Cooper - 139

Capítulo 14 ★ Lia Steele - 149

Capítulo 15 ★ Alice Cooper - 157

Capítulo 16 ★ Lia Steele - 167

Capítulo 17 ★ Alice Cooper - 175

Epílogo ★ Lia Steele - 181

Capítulo Extra ★ Alice Cooper - 185

Posfácio ★ Como Se fosse fanfic - 195

Já que a outra dedicatória era polêmica demais, eu dedico este livro para todas as meninas que passam as noites lendo *fanfics*. O mundo pode ser melhor nelas.

Esta obra não pretende ser uma especulação a respeito da sexualidade de nenhuma personalidade pública real. Em "Como se fosse fanfic", Lia Steele é uma cantora POP mundialmente famosa e, ela sim, é bissexual. Quaisquer semelhanças com a loirinha mais famosa da atualidade são, se não coincidências, frutos da minha imaginação em paralelo com a inspiração principal que deu origem ao livro: o filme *"Starstruck: Meu Namorado é uma Superestrela"* do Disney Channel.

Todos os trechos de músicas originais nesse livro foram escritos pela Beatriz Moreira, que além de minha amiga é uma escritora e compositora brilhante.

1
Alice Cooper

Aviso: antes de entrar num banheiro público, certifique-se de que não tem nenhuma estrela do pop beijando alguém lá dentro

Estou prestes a perder 2 mil dólares.

Tudo isso porque é impossível me concentrar com a voz aguda do Shawn Mendes tocando nos alto-falantes. A pessoa que criou a *playlist* deste lugar deve ter algo contra mim.

Está certo que são quase onze da noite, e eu deveria estar em casa, não num cybercafé. Eu nem sabia que eles ainda existiam até meia hora atrás, quando estava procurando por um lugar com aquecedor ligado e tomadas, e me deparei com o letreiro neon do Caffeine Dive.

Sou a única cliente restante do turno, e o barista vez ou outra me encara por tempo demais. Não sei se ele está com pressa para fechar o caixa ou só se perguntando o que estou fazendo aqui tão tarde, sozinha, em plena quinta-feira.

O lugarzinho é pequeno e pouco iluminado por dentro e estantes com livros revestem as paredes até o limite do bar, onde os livros são substituídos por bebidas e sacos de café. A decoração é uma mistura de retrô e vintage que só poderia existir nas ruas do Soho.

Londrinos são tão excêntricos.

No momento, estou sem meus fones de ouvido, travando uma guerra fria contra o teclado, porque preciso escrever mais mil palavras em quatro horas se quiser receber o pagamento.

Justificando-me, eu jamais conseguiria escrever uma crônica sobre "A vida fora de casa depois da pandemia" dentro das paredes apertadas do meu apartamento.

É um saco fazer parte daquele estereótipo medonho de escritores que precisam de *inspiração* para escrever. Estímulos sensoriais ao meu redor, o ambiente, os cheiros e os sons, tudo isso influencia para que eu consiga criar.

No fim, não é culpa do Caffeine Dive, mas sim das minhas escolhas ruins e, claro, da música duvidosa que toca.

Ao menos a adrenalina do final do prazo faz com que eu ignore a tremenda bagunça que minha vida pessoal se tornou. Não preciso pensar em como tenho me sentido miserável nos últimos dias porque problemas mais urgentes demandam a minha atenção. Quatro anos vivendo em Londres me ensinaram que, quando os números da sua conta bancária estão abaixo de três dígitos, todo o resto pode esperar. Não vou ter uma cama para me deitar e chorar à noite se não puder pagar meu aluguel no fim do mês, então é apenas uma questão de hierarquizar as prioridades.

"Baby, there's nothing holding me back."

Shawn continua cantando, num tom tão dramático e enérgico que poderia perfurar meus tímpanos.

Estou zonza. Preciso pedir a conta da minha água com gás, passar na farmácia da esquina, comprar analgésicos e pedir um carro pra casa.

Eu podia fazer uma parada breve no Hyde Park para inspirar um pouco do ar gelado, já que estou a poucos quarteirões de distância e é uma caminhada de vinte minutos, mas está tarde.

Me levanto e caminho até a porta do banheiro que fica nos fundos. Pretendo enxaguar meu rosto com água fria para postergar a volta para casa, e talvez isso me ajude a ficar alerta e escrever mais um pouco.

A porta está encostada e, quando a empurro, descubro que não estou sozinha, afinal. Duas garotas — uma loira e outra de cabelos cor-de-rosa — estão se beijando tão intensamente que mal notam a minha presença. A loira está sentada sobre a pia enquanto a outra segura na cintura dela com tanta firmeza que ergue um pouco a blusa apertada que ela está usando.

Não consigo decidir se fico muito assustada ou com muita inveja.

Apesar de que se beijar em banheiros públicos é meio decadente.

Eu apostaria que elas se conheceram hoje e uma delas tem problemas de aceitação, por isso escolheram um lugar tão pouco frequentado.

Será que elas estiveram aqui todo esse tempo desde que cheguei? Ou não as percebi entrando, porque estava ocupada demais evitando que meu cérebro derretesse enquanto me esforçava para enfiar palavras que fizessem sentido numa mesma frase?

Não é da minha conta, de qualquer forma. Se Clara — minha melhor amiga — estivesse aqui, ela diria que tenho que parar de julgar as pessoas desse jeito.

Sigo até a pia e só sou notada quando abro a torneira. As duas amantes se desvencilham tão bruscamente que sinto vontade de rir, mas finjo que não vi nada enquanto jogo água nas minhas bochechas.

É refrescante, mesmo fazendo 10°C lá fora.

Acho que eu devia pedir para diminuírem a intensidade do aquecedor. Ou ir logo para casa.

Seco o rosto, jogo meus cabelos negros sobre meu ombro e saio do ambiente o mais rápido possível, para não prolongar aquele clima desconfortável. Tomara que elas não se importem comigo e voltem a fazer o que estavam fazendo.

De volta ao meu assento, abro os textos de referência para a crônica outra vez entre um suspiro frustrado. A função deles é servir de apoio; até posso surrupiar uma ideia ou outra, se souber trocar as palavras. Coisa que eu faria se conseguisse compreender o que estou lendo.

Corro os olhos pela infinidade de linhas e tudo que consigo distinguir são palavras soltas.

Interação social, trabalho, lazer, hipocondria generalizada... nenhuma delas acende a lâmpada da minha criatividade.

E fica ainda mais difícil de focar quando as duas garotas que estavam no banheiro passam por mim. Detesto ser tão enxerida, então finjo que estou buscando inspiração pro meu texto para acompanhá-las com o olhar enquanto caminham até o bar. O desconforto ali é palpável, e temo que seja por minha culpa.

Na verdade, não é minha culpa coisa nenhuma porque tudo o que fiz foi entrar num banheiro público.

A garota do cabelo rosa diz alguma coisa para o barista em tom mal-humorado. É quando paro de encarar, porque um lembrete sobe na tela do meu computador, dizendo que tenho que responder à mensagem de texto que minha mãe me mandou mais cedo. Configurei esse lembrete às dez da manhã, mas fiquei adiando a cada uma hora e agora já são onze da noite.

Muito tarde, penso. *Amanhã respondo.*

Tenho que voltar ao trabalho, o mundo lá fora vai ter que esperar.

— Este lugar está ocupado? — alguém pergunta.

Só quando levanto os olhos é que percebo a figura de pé diante de mim. É uma das garotas que estava no banheiro, a loira beijoqueira da pia e, ao que parece, a outra menina já se foi. Não tenho tempo para reparar demais em sua pessoa, porque meu olhar passa por todas as outras mesas que estão livres ao nosso redor.

— Não tem mais ninguém aqui — respondo, num tom morno, e torço para que ela saque a indireta.

— Obrigada — diz, soando contente.

Ela se senta no banco de frente ao meu, e decido ignorar o fato de que a garota interpretou minha fala da maneira mais errônea possível. Preciso melhorar minhas habilidades de comunicação; não ando falando com muita gente nos últimos tempos e talvez seja esse o problema.

Por mais que a presença dela me perturbe um pouco, finjo que ainda estou sozinha; mantenho os olhos na tela e meus dedos funcionando. Estou 34 palavras mais perto dos meus 2 mil dólares.

— O que eu preciso fazer pra você não contar pra ninguém o que viu naquele banheiro? — a garota diz, de uma só vez.

É a primeira vez em que levanto os olhos para olhar no fundo dos dela, porque estou perplexa — ainda que mais confusa do que qualquer outra coisa. Ela tem olhos azuis vibrantes e uma boca tão bem desenhada que parece ter saído de uma galeria de arte neoclássica. É bonita demais para ter um rosto comum, mas tenho a sensação esquisita de que já vi ele antes.

Talvez seja a cena gráfica que presenciei.

— Poxa, eu estava prestes a postar no meu... como é mesmo o nome daquela rede social? Twitter? — brinco, mas a expressão em seu rosto me diz que ela não entendeu a piada.

— Estou falando sério, você não pode contar. Posso te pagar, ou...

Meu riso interrompe a fala dela. Essa é a interação mais maluca que já tive em toda a minha vida, e olha que eu frequentava o campus de Filosofia na minha época de faculdade.

— Juro que, se você me der uma boa razão pela qual eu contaria pra alguém que vi duas garotas se beijando no banheiro de um café, não vou te cobrar nada.

Ela franze o cenho e joga as mãos sobre a mesa, irritada. Percebo as unhas bem-cortadas e as mangas amarrotadas de seu blazer branco. Depois encaro seu rosto outra vez. Não sei onde vi alguém parecida antes. Pode ter sido em algum cartaz publicitário, ou num filme de drama que se passe nos anos 60.

— Você vai mesmo fingir que não sabe quem eu sou quando está vestindo uma blusa com o verso de uma das minhas músicas?

Olho para baixo no mesmo instante.

Estou usando um suéter azul, com a frase *"Now I'm begging for mercy at the killer's doorstep"* bordada em branco.

Não.

Não pode ser.

Fito o rosto dela outra vez, depois minha blusa e então a garota de novo.

É ela.

Eu sabia que a conhecia de algum lugar, mas nunca, nem um milhão de anos, diria que é Lia Steele, a cantora mundialmente famosa. Tem pelo menos um *outdoor* com a cara dessa criatura a cada quarteirão e Stephanie, minha ex, é a maior fã dela.

Parece que estou dentro de um sonho. Não porque de alguma forma estou feliz ou emocionada, mas sim porque é... *surreal demais para ser verdade.*

— Certo, acho que agora eu entendi o que está acontecendo — digo e, em seguida, ergo a mão para chamar o barista.

Ele chega rápido na mesa e anota meu pedido de outra água com gás na mesmíssima velocidade. Depois que o rapaz se afasta, prossigo:

— Em primeiro lugar, estou usando essa blusa porque hoje foi dia de lavanderia e todas as minhas outras roupas de frio estavam na secadora. Não é minha. Minha ex esqueceu ela numa gaveta uns meses atrás e nunca devolvi. — Me calo quando minha água chega. Lia Steele assiste impaciente, enquanto derramo o líquido no copo. — Ela era meio obcecada por você, na verdade. — Acabo rindo. *De desespero.* — Mas eu não poderia me importar menos e, para ser sincera, nem te acho grande coisa.

Ela revira os olhos, cruza os braços, escorrega as costas pelo encosto do banco e esboça um sorrisinho sarcástico, que me irrita com uma facilidade impressionante.

— Quanta gentileza...

— Cooper. Alice Cooper.

— Alice Cooper — repete, estalando a língua. — Sua história é convincente, mas a única coisa que me interessa é ter certeza de que este... *acontecido* não vai sair daqui.

— Eu não ia dizer nada, mas, agora que deu a ideia, quanto acha que as revistas pagariam por esse segredinho sórdido? Já imaginou a manchete? Lia Steele é vista aos beijos com uma garota num cybercafé no Soho — enfatizo, num tom dramático. — E é claro que vou contar para a minha melhor amiga.

— Isso não tem a menor graça, tudo bem? — Sua irritação e impaciência são evidentes não apenas em sua voz, como também no tom de vermelho que seu rosto assume. — Vamos, me diga quanto você quer.

Isso até que seria engraçado, se não fosse meio ofensivo.

— Não quero nada, Lia Steele. Na verdade, quero que saia da minha mesa para eu poder terminar meu trabalho. E, francamente, estamos em 2023. Várias celebridades estão saindo nas notícias todos os dias sendo acusadas de assédio, violência doméstica e racismo. Você beijou alguém, não é nada escandaloso.

— Não é o beijo. É a situação.

— O banheiro pequeno de um cybercafé meio decadente?

— Não... A pessoa.

— Oh. Ela é tipo uma superfamosa também? Espera, já sei! Ela é casada?

— É uma garota. O problema é que ela é uma garota!

Lia Steele pronuncia a frase de um jeito que faz parecer que eu sou um padre e ela está me confessando um pecado grave.

Meu conhecimento sobre a vida da loira se resume a:

1) Ela canta músicas românticas, tristes e preguentas.

2) Ela usa roupas com brilho demais.

3) E essa é bem específica: a casa dela em Los Angeles tem treze banheiros. Treze.

Só sei dessas coisas graças à Steph, que deve ter me dito muitas outras, mas meu cérebro nunca reteve as informações por mais de cinco minutos. Ainda que eu gostasse dela na época, esse assunto sempre me entediou. Aliás, que bom que terminamos, porque tínhamos muito pouco em comum.

A questão é que, agora, sei uma quarta coisa sobre Lia: ela beija garotas, mas ninguém pode saber disso. No fim, eu estava certa sobre uma das meninas ter problemas de aceitação.

— Ah!

— Então? Você entende por que não pode dizer nada?

— Sim, mas ao mesmo tempo não. Entendo que existam pessoas que não lidam bem com a própria sexualidade e com a sexualidade dos outros, mas faz tanto tempo que isso não acontece comigo que esqueci que é uma realidade. — Balanço os ombros, depois confiro a hora no meu relógio de pulso. Menos meia hora para o meu prazo. — O que é uma pena. Mas boa sorte com a incrível jornada de autoconhecimento. Não vou ser a pessoa que vai te empurrar para fora do armário por dinheiro.

Ela finalmente solta a respiração, mas algo me diz que as minhas palavras não serão suficientes para tranquilizá-la.

Mesmo que eu fosse contar para alguém, duvido que acreditariam em mim. Nem *eu* estou acreditando e está acontecendo tudo diante dos meus sentidos. Consigo vê-la, ouvi-la e sentir o cheiro do seu perfume doce. Mesmo assim, quais são as chances?

— Não estou numa jornada de autoconhecimento. Sei que gosto de garotos e de garotas, só não quero que isso se torne público. Mas obrigada, de qualquer forma.

Ela dá um sorriso pequeno, sem sarcasmo dessa vez.

— Que seja. — Suspiro, soando mais exausta do que de fato estou. — É só isso? Porque preciso voltar ao trabalho.

— É. — Seu tom é de surpresa. — Só isso.

Ela se levanta e caminha para longe da mesa, enquanto tento voltar para o meu texto e assimilar tudo que acabou de acontecer. Não resisto a olhar de soslaio para tentar saber o que Lia Steele fará em seguida. Ela chama o barista, mas só troca meia dúzia de palavras com ele e passa pela porta.

Talvez seja errado da minha parte achar patética toda essa história de "*não quero tornar minha sexualidade pública*". Homofobia e bifobia existem, mas tenho certeza de que Lia Steele tem recursos suficientes para lidar com elas, nem que seja se escondendo num dos treze banheiros de sua mansão.

E aqui estou eu, julgando as pessoas outra vez.

Maus hábitos não vão embora fácil.

E eu disse que não ia contar, mas agora a minha mão está coçando para mandar mensagens narrando minha noite para Clara, e me sinto uma péssima pessoa por isso.

Se não fosse minha necessidade inoportuna de sair de casa e essa blusa horrenda, nada disso estaria acontecendo.

Lia Steele

Mulheres bonitas: onde vivem e como podem acabar com a sua carreira

Não posso voltar pra casa.

Primeiro, porque estou em outro continente e, segundo, a bateria do meu celular acabou faz uns cinco minutos. Sentada num banco da calçada do cybercafé que conheci há algumas horas, espero por um milagre que não virá, a menos que eu me levante e faça algo a respeito.

Eu poderia resolver essa situação de uma dezena de maneiras diferentes, mas não gosto de nenhuma delas porque, de um jeito ou de outro, todas culminam em minha volta para o hotel, que deve estar rodeado por paparazzis e jornalistas; todos bem equipados com câmeras e perguntas que não me sinto pronta para responder.

Quero pedir ao barista que chame um táxi para mim até o aeroporto mais próximo, para que eu possa comprar uma passagem de volta pra Nova Iorque e tomar café da manhã no meu apartamento. Mas há pessoas com celulares em todo o lugar e, se eu fosse vista, só tornaria as coisas piores.

É o preço a se pagar quando milhões de pessoas conhecem o seu rosto no mundo inteiro e leem coisas sobre a sua vida pessoal todos os dias na internet.

Depois do que acabou de acontecer, é bom me distrair do fato de que rumores sobre eu estar beijando uma garota desconhecida no banheiro de um cybercafé podem estar em todas as páginas de fofoca das revistas e das redes sociais. Tudo isso logo depois de terminar um relacionamento de dois anos na frente de uma multidão.

Soa como a receita perfeita para outro escândalo, quebra de contratos e mais uma mancha irreparável na minha carreira em menos de dois dias.

Tudo que eu precisava.

Dessa vez, passei mesmo dos limites. Não há onde eu possa me esconder além desse banco velho. Aqui, assistindo aos carros que passam e pessoas vagando, é o mais próximo que tenho de um refúgio.

— Então, Lia Steele — diz Alice, a mulher do cybercafé, surgindo do nada e sentando-se ao meu lado. — Noite agitada, hein?

Enfio as mãos nos bolsos do meu blazer, numa tentativa instintiva de me proteger de sabe-se lá do que.

— Agora você quer conversar? — provoco, esboçando um sorrisinho.

— Só estou curiosa. Acabei de jogar seu nome no Google e apareceram algumas manchetes que me fizeram ficar impressionada.

Reviro os olhos. Sei exatamente do que ela está falando e, temo que depois de ter visto as proporções do que é uma notícia com meu nome na chamada, ela tenha mudado de ideia sobre não dizer nada do que viu.

— O que foi que você leu?

— Que até ontem você estava namorando o astro do cinema Henry Bradford, mas ele te pediu em casamento na estreia do filme novo dele, na frente de todo mundo, e você deixou o cara de joelhos e foi embora. Isso há tipo, cinco horas.

Cinco horas?

Estou tão exausta, que mais parece um dia inteiro. Mas é tudo verdade, por mais que eu tenha certeza de que as pessoas que escreveram isso tenham tirado as coisas de proporção e criado especulações que logo se transformarão em rumores. É um ciclo interminável de mentiras.

— E isso te deixou impressionada porque...

— Achei subversivo da sua parte.

— E o que mais?

— Nada. Fiquei com preguiça de abrir e ler tudo, além do que... — Ela tira um *smartphone* do bolso e confere algo na tela quebrada. — O carro que pedi está quase aqui.

Uma lâmpada acende na minha cabeça: o celular dela é da mesma marca do meu, e mesmo que seja de umas três gerações anteriores, o carregador que eles utilizam é sempre o mesmo.

— Te dou cem libras pelo carregador do seu celular — digo rápido, antes que ela vá embora.

A mulher me encara com o sorrisinho sarcástico que parece sempre estar à espreita de uma oportunidade para se mostrar.

— Se está disposta a pagar cem pratas por algo que custa tipo, dez, é porque está desesperada. Aposto que consigo mais do que isso.

— Duzentos?

Ela responde com uma risadinha.

Inferno.

Alice é desesperadoramente bonita, e faz com que eu me ache patética por não saber lidar com mulheres atraentes tão perto de mim. Quero perguntar qual é a cor exata dos seus olhos, já que não dá pra saber direito nessa luz, mas seria esquisito da minha parte. Sem contar que tenho problemas maiores no momento. Minha mãe deve estar morrendo de preocupação e sei que vão ter ao menos trinta ligações dela quando eu ligar o celular.

— Estou só brincando. Nunca saio de casa com meu carregador. Mas se você andar algumas quadras, tenho certeza de que vai encontrar alguma loja de eletrônicos aberta.

Dou um suspiro frustrado.

— Como se eu fosse sair andando sozinha por aí uma hora dessas.

— Cadê a sua... Bem, eu ia falar amiga, mas nunca beijei minhas amigas daquele jeito.

Ela ri de novo e meu rosto arde. Kylie White não é uma amiga, é só uma garota que conheci há três meses, depois de um show aqui em Londres. Ela estava com uns amigos numa *after party* no apartamento do Henry e anotou o telefone dela num guardanapo depois de termos trocado *olhares*. Conversamos durante um tempo, ela flertava comigo, mas eu ainda estava namorando, então me fazia de idiota.

Ligar para a garota foi a primeira coisa que fiz assim que coloquei os pés para fora do evento de estreia daquele bendito filme. Nos encontramos no cybercafé porque o barista é amigo dela, e a função dele era nos avisar se alguém entrasse no banheiro. Ele não avisou. Depois do pequeno ataque de pânico que tive, acho que ela nunca mais vai querer me ver.

— Ela precisou ir embora.

— E te largou aqui? — Ela se coloca de pé, olha na direção de um carro que se aproxima e depois para mim de novo. — Que romântico. Você vai escrever uma música sobre isso quando chegar em casa?

— Sim. E depois sobre uma garota que guarda as roupas da ex porque ainda não superou o término.

— Mas vai trocar os pronomes pelos masculinos, porque se não as pessoas vão descobrir seu segredinho. — *Ai*. Ela tinha que colocar o dedo na ferida desse jeito? Que mulher atrevida.

— Adoraria ficar e discutir a nossa vida amorosa, mas meu carro chegou. A gente se vê. Ou não.

Ela dá as costas e numa fração de segundos me vejo sozinha outra vez. Nenhum celular. Nenhuma coragem de desbravar as ruas do Soho e nenhuma vontade de voltar para aquele hotel.

Um grupo de três homens está caminhando em minha direção e isso me lembra que, além de uma celebridade, ainda sou uma mulher desacompanhada numa rua à noite.

— Ei, espera — chamo por Alice antes que ela entre no carro. — Onde você mora?

Ela hesita antes de responder:

— Walworth. Por quê?

Foi o mesmo de não dizer nada, porque sou americana, e mesmo que já tenha vindo para cá dezenas de vezes, não conheço todos os bairros.

— É longe daqui?

— Dez minutos. Por quê? — repete, soando ainda mais descrente.

Ela sabe o que vou dizer.

— Preciso *mesmo* carregar meu celular.

— Não vou deixar uma estranha entrar no meu apartamento.

— Mas eu não sou uma estranha, sua ex me conhecia — brinco, numa tentativa falha de conquistá-la para que mude de ideia.

— Adeus, Lia Steele.

Ela abre a porta, mas dou uma corridinha até o carro e paro em sua frente para que ela me olhe e reconsidere.

— Eu posso te pagar.

Alice bufa, sem tirar os olhos de mim.

— Você sempre joga o seu dinheiro nas pessoas para elas fazerem o que você quer?

Pisco algumas vezes, sem saber se devo me sentir ofendida com a pergunta.

— Na maioria das vezes não preciso, mas é, acho que sim. E costuma funcionar.

— Está bem. Quero 500 libras. Você pode até tomar uma garrafa de vinho e passar a noite, se quiser.

Quase dou um pulinho antes de entramos juntas no carro. Não pretendia passar a noite, mas soa bem melhor do que ter que encarar as câmeras, os murmúrios e os olhares de reprovação que esperam por mim na porta daquele hotel.

E talvez pelo resto da minha vida.

As pessoas sempre tomam as dores de um homem adulto quando uma mulher não age do jeito que elas acham que ela deveria agir com ele.

A motorista do carro dá partida e começa a cair a ficha da maluquice que acabei de fazer. Ao menos não estou mais sozinha. Vou chegar no apartamento de Alice, carregar meu celular e avisar às pessoas que estou bem. E com "as pessoas" quero dizer minha mãe, meu empresário e Ted, meu melhor amigo.

A última atualização minha que ele teve foi a DM de uma foto escurecida daquele banheiro, com os lábios de Kylie no meu pescoço, que sumiu depois que ele visualizou e reagiu com um emoji de foguinho.

Depois de uns quatro minutos de viagem em silêncio, começo a ficar um pouco agoniada por não ter como deslizar pelo *feed* do meu Instagram infinitamente, ou abrir o Twitter para ler qualquer baboseira que estejam falando sobre mim ou o lançamento mais recente da Netflix.

A garota do meu lado não tem esse costume. Ela não pega o celular nem uma vez. Nem para ver as horas, já que está usando um relógio de pulso analógico, que diz que já é meia-noite e algo entre dez e vinte minutos.

Depois de falhar em saber das horas, meus olhos sobem até seu rosto e tomo um baita susto quando percebo que ela está olhando para mim de volta. Sinto as bochechas esquentando e um desconforto esquisito que faz minhas mãos formigarem, então escondo elas nos meus bolsos outra vez e torno a olhar para frente.

Mas ainda sinto aqueles olhos de cor indefinida sobre mim.

Estou acostumada com pessoas me olhando o tempo inteiro, não seria um problema se ela não estivesse tão perto ou não fosse tão bonita.

— Estamos quase chegando — diz ela. — Eu esqueci de perguntar se você não quer usar meu celular para ligar para alguém. Você quer? Claro, isso te custaria 10 pratas por ligação.

Ela dá uma risadinha nasalada.

— Pra quem eu ligaria?

— Você não tem pais? Amigos? Família?

— O único número que sei de cabeça é o da polícia. Não dá pra ficar gravando números de telefone das pessoas com quem eu convivo, porque a gente tem que mudar cada vez que alguém descobre e espalha por aí.

— Ah! Isso deve ser chato.

Balanço os ombros, mas concordo.

— Você se acostuma.

Ela pega o próprio celular pela primeira vez e isso me causa um alívio tão peculiar, para o qual a única explicação possível é a minha abstinência. Até o movimento dos dedos dela sobre a tela é satisfatório.

— Posso olhar uma coisa no Instagram? Um minuto, juro.

Quero saber se Kylie ainda está me seguindo. É idiota, eu sei. E pode não significar nada, mas quero me prestar a esse papel mesmo assim, porque estou me corroendo em culpa por ter dado um chilique tão grande.

— Não tenho Instagram.

— Twitter?

— Não.

— Céus... Facebook?

— Tenho LinkedIn, serve?

— O que diabos é um LinkedIn?

— Uma rede social de gente que precisa procurar emprego. Claro que você não conhece.

— Agora eu entendi por que não me reconheceu. Você vive numa caverna.

Ela abre a boca e não faz nenhum som, em pura indignação, enquanto me encara e pisca os olhos repetidamente. É bem engraçado.

— Escuta aqui, sou uma mulher muito bem-informada sobre coisas que me importam, está bem? Eu leio jornais, por exemplo.

— Como meu avô faz, todas as manhãs.

— Mas eu faço isso no computador. Seu avô tem um computador?

— Não, ele tem um tablet de última geração que dei pra ele no Natal passado. É bem mais moderno.

— Eu vejo séries também. As famosas. Tipo "Daisy Jones & The Six" e "The Last of Us".

— Já entendi. Deixa para lá, eu vejo quando chegarmos na sua casa, Wilma Flintstone.

Ela bufa e continua olhando para a tela, fazendo sabe-se lá o que, já que aparentemente consegui esbarrar na única pessoa do mundo que não usa seu tempo dentro de carros para bisbilhotar a vida alheia e ver vídeos de gato.

3
Alice Cooper

Beber vinho com uma celebridade internacional no meu apartamento por dinheiro não estava no meu bingo deste ano

Lia Steele está sentada no meu sofá, com os pés em cima da minha mesinha de centro, no telefone com a mãe, enquanto eu estou atrás do balcão da cozinha, me dividindo entre assistir à cena com incredulidade e terminar a bendita crônica. Faltam 456 palavras, que já teriam sido escritas se eu não perdesse completamente o foco cada vez que a garota se mexe.

Meu apartamento de três cômodos é pequeno demais para nós duas. Será que seria mal-educado da minha parte me trancar no quarto e deixar que ela se vire com o que precisar?

— Estou na casa de uma amiga — ela diz à mãe ao telefone, olhando em minha direção. Arqueio as sobrancelhas em resposta, porque é engraçado vê-la se referindo a mim como "amiga".

— Você não conhece. — Ela pausa. — Alice. — De novo.

— Não importa qual o sobrenome, mãe, você não vai achar ela no Google porque ela não é famosa. Ela não usa o Instagram. Sim, eu também acho que isso é esquisito, mas não faz dela uma

serial killer procurada, até onde sei. — *"Até onde sei"*. Quase rio.
— Vou ficar bem. Te aviso quando sair daqui.

Vê-la conversar com a mãe me lembra que preciso responder a minha. A verdade é que não quero ter que recusar mais um convite para passar o fim de semana em família. O Natal é em alguns meses e preciso guardar as minhas fichas, porque tenho certeza de que vai rolar uma chantagem emocional das grandes quando eu disser que não pretendo passar uma noite inteira ouvindo meu pai discursar sobre como ele odeia o fato de eu não ter aceitado a bolsa para o curso de Engenharia em Cambridge, e que o que faço para ganhar dinheiro não é uma profissão de verdade.

— Conversamos quando eu voltar pra casa, tudo bem? — diz Lia, antes de esboçar um sorriso de canto. — Boa noite, também te amo.

Ela desliga a chamada e se estica um pouco mais no sofá para olhar pro teto. Estou hipnotizada demais para fazer qualquer outra coisa que não seja admirar sua figura. Quero jogar "Lia Steele" na busca do navegador outra vez para comparar as fotos da internet com a pessoa que está na minha sala.

É esquisito, porque eu sei que estaria surtando pelo menos um pouco se fosse a Amy Lee ou o Eddie Vedder na minha frente. Ou então algum escritor que admiro tipo o George R. R. Martin. Mas Lia Steele... Ela é tipo dez vezes mais famosa do que qualquer uma dessas pessoas que citei, e só consigo enxergar uma garota perdida, que eu trouxe pra casa feito um filhote de cachorro que encontrei sozinho pela rua. Um filhote que suja minha mesa e conversa um pouco alto demais, mas vai me deixar 500 libras mais rica.

— Obrigada pelo carregador. — Ela se levanta e caminha até a bancada. — E pela hospedagem. Onde posso conseguir aquele vinho que me prometeu?

— Ah, você levou a sério? Não me diga que também pretende passar a noite aqui.

— Se soubesse quais são as minhas outras opções, entenderia o porquê de eu estar tão desesperada.

— É, eu nem imagino — ironizo, me virando para pegar duas taças no armário. Na minha miniadega embaixo da pia há três garrafas de vinho. Todas elas do mesmo tipo, porque só tomo o Woodbridge. — Um hotel cinco estrelas no Kensington? Uma cobertura à margem do Rio Tâmisa?

Não consigo suprimir um sorriso cheio de cinismo.

— O hotel onde estou é cinco estrelas, sim. E fica no Kensington. Mas meu empresário acabou de me mandar a foto de uma barricada de jornalistas esperando por mim na entrada. — Ela ergue o celular, que exibe a tal foto na tela e, de fato, é tanta gente que parece um formigueiro. — Tenho amigos aqui na cidade que moram em coberturas, mas não pretendo envolver nenhum deles nessa história por enquanto.

Sirvo as duas taças, enchendo a minha um pouco mais porque, pelo visto, vou precisar do álcool correndo em meu sangue se quiser dormir.

— E decidiu *me* envolver? Uma completa desconhecida?

— Sim. Por mais que você fique me enchendo de perguntas, nenhuma delas é sobre... Bem, sobre o que aconteceu.

— Ah, o pedido de casamento desastroso? Não seja por isso, eu posso...

— Não — pede, num tom sério, cortando a minha fala. — Por favor.

Sei quando devo parar, e esse é o momento, portanto me calo e tomamos o vinho em silêncio.

— Lia Steele está na minha cozinha bebendo vinho comigo. Minha ex morreria de inveja e não posso nem mandar uma foto para esfregar na cara dela.

— Por que vocês terminaram?

Torço o nariz para a pergunta.

— Eu não suportava o gosto musical dela — brinco. A loira finge-se de ofendida e fecha o punho para acertar um soquinho no meu ombro.

— É sério. Se não vamos falar da minha vida, podemos falar da sua.

— Queríamos coisas diferentes. Eu não estava pronta para um compromisso, tipo morar juntas e usar alianças como ela queria. Então ela me traiu. Tipo, ela não dormiu com outra pessoa nem nada assim, mas estava flertando por mensagem com a garota, dizendo que queria ter se encontrado com ela antes e que não tinha coragem de terminar comigo porque eu era muito *boazinha*. Já é traição quando você quer trair, né? É o que diz toda essa baboseira monogâmica.

— Baboseira monogâmica?

— É. Agora ela está noiva dessa mesma garota, depois de 5 meses de namoro.

Sei disso porque Clara me mostrou uma foto da Steph de joelhos em frente à Torre Eiffel, segurando a mão da menina que exibia um anel de brilhantes no dedo anelar. Clichê e meloso, bem como ela gostava. Tenho certeza de que as duas escutam juntas os álbuns da Lia Steele, do Shawn Mendes e do Ed Sheeran.

— Foi bom, porque percebi que não sirvo para relacionamentos.

— Que dramática! — debocha Lia. — Quantos relacionamentos que você já teve?

— Dois.

A lembrança me obriga a tomar mais um gole generoso do Woodbridge.

— Eu tive quatro, ao longo dos meus vinte e três anos, e todos eles fracassaram. Nem por isso acho que "não sirvo para relacionamentos". — Ela faz aspas com os dedos. É irritante.

— É porque eu aposto que você nunca namorou com uma mulher. As coisas são intensas demais, uma semana equivale a um ano de casamento.

Lia ri e sinto meu rosto formigar, porque ela tem uma risada contagiante. Deve ser o vinho.

— Uma vez — confessa. E eu estou genuinamente surpresa. — Há três anos, antes de eu conhecer o Henry.

— Deixa eu adivinhar: não deu certo porque ela queria que você se assumisse e você estava perfeitamente confortável com as pessoas pensando que vocês eram só *muito* amigas.

Ela arqueia as sobrancelhas e cora. Posso ver dentro dos seus olhos azuis adoráveis que Lia quer me acertar um tapa, e me divirto com cada segundo.

— Não é tão simples assim.

Ela pega sua taça para mais um gole, mas percebe que está vazia, então enche as duas.

— Nunca é.

Balanço a cabeça e meus olhos caem na tela apagada do meu computador. Lembro do meu trabalho incompleto e das contas que vão ser pagas com ele. Eu não estaria precisando correr contra o tempo se tivesse disciplina, e não precisaria ter aceitado esse trabalho se me propusesse a aceitar outros com mais frequência. Mas lamentar agora não vai resolver nenhum dos meus problemas.

— Olha só, Steele, tenho um trabalho importante para terminar. Você não vai se importar se eu me trancar no quarto e deixar você aqui, vai?

— Onde eu vou dormir? — Aponto para o sofá e ela segue, girando o pescoço. — De onde venho, deixamos as visitas dormirem na cama — resmunga, cruzando os braços.

— Você não é visita, Lia Steele. Visitas não pagam para passar a noite na casa das pessoas e eu não te convidei. Além do mais, aqui tem a TV, acesso livre à cozinha e ao banheiro que fica logo ali. Aliás, banho não está incluído no pernoite, vai te custar 50 pratas.

— Uau. Você é a pessoa mais mercenária que já conheci. E olha que eu convivo com gente da indústria musical há quase uma década.

Dou uma risada e ergo a minha taça de vinho, para depois finalizá-la num só gole.

— Obrigada. Se precisar de qualquer coisa, estou no quarto ao lado. Vou te trazer um pijama e cobertores, porque o aquecedor estragou.

Pego meu notebook, o que restou da garrafa de vinho e sigo para o meu quarto. Por mais que eu queira ficar e descobrir os rumos tortuosos que a interação mais improvável da minha vida tomaria, não tenho a conta bancária de Lia Steele.

Depois de ter certeza de que a garota está acomodada na minha sala, me tranco dentro do quarto e recomeço todo o processo para focar na escrita do artigo.

Sou acordada às 7 da manhã pelo meu celular vibrando na mesinha de cabeceira. Minha cabeça está latejando por conta da noite maldormida e meus olhos estão pesados pela quantidade de horas que passei encarando a tela do computador.

Ao menos entreguei o texto no prazo.

Nunca mais deixo nada para última hora.

Disse Alice, pela quinquagésima sétima vez.

O visor do telefone diz que é Addison, minha irmã. Resmungo baixo, indisposta a atendê-la. Recuso a ligação, esperando que ela entenda o recado, mas não funciona. Addy liga outra vez e, conhecendo-a como conheço, sei que não vai desistir até que eu atenda. Posso deixar o celular no modo silencioso e voltar a dormir, mas isso me deixaria com a consciência pesada.

Com a minha mão letárgica e as pálpebras pesando sobre os olhos, alcanço o celular outra vez e enfim atendo à ligação.

— Addy, são sete da manhã. É bom ser urgente — resmungo.

— Você precisa vir pra casa, Allie. Mamãe teve um mal súbito e está internada no hospital.

Eu estremeço. De repente, meu corpo inteiro fica ainda mais mole, mas meu coração está acelerado.

— Do que você está falando? O que aconteceu? — É difícil não me engasgar com as palavras, porque minha boca está seca e minha garganta apertada. — Quer saber? Estou indo agora mesmo.

Levanto-me da cama às pressas e começo a pensar em tudo que preciso fazer para estar em Bibury o mais rápido possível. Meu raciocínio é lento, porque tive exatas quatro horas de sono, que não serão suficientes para me manter de pé durante um dia inteiro.

— Você é uma filha desnaturada, Alice Cooper, é isso que aconteceu. — A voz da minha mãe ecoa de fundo na ligação, depois escuto risadas. — Está vendo? Foi só você pensar que eu estava morrendo para que desse um jeito de vir para cá bem rapidinho.

Não sei o que está acontecendo, mas fico aliviada por ela estar bem. E irritada por terem brincado com uma coisa tão séria.

— Não acredito que vocês fizeram isso comigo! — brigo, sentando-me na beirada da cama. — Isso lá é coisa pra se brincar?

— Podia ser verdade. Quem sabe assim você não ia se lembrar que tem uma família? — diz mamãe, depois de tomar o telefone de Addison. — Estou ficando velha, Alice, posso morrer daqui a três dias e sua última lembrança minha vai ser da Páscoa do ano passado. É isso que você quer?

— Quanto exagero, mamãe. A senhora não tem nem cinquenta anos.

— Dos quarenta e seis para os cinquenta é um piscar de olhos. Mas agora que já consegui te dar um susto, quero que venha pra cá de verdade. Sua irmã vai passar o fim de semana com a gente, as crianças e o Denis.

— Mas, mãe...

— Não me venha com "mãe". Ela saiu dos Estados Unidos para nos visitar. De outro *continente*. E você não pode pegar um carro e dirigir por duas horinhas?

— É que... — Tento pensar na desculpa menos estapafúrdia possível para me livrar dessa, mas não. — Eu vou me organizar, está bem? Dou uma resposta até o almoço.

— Está ouvindo isso, Jonas? Ela vai se organizar e ver se vai poder ficar com a gente — resmunga ela, para o meu pai.

Ele não responde nada, apenas rosna um "eu já esperava". Os barulhos de fundo são altos e difusos. Minha irmã, o marido e os dois filhos sabem como fazer parecer que está acontecendo uma festa de arromba.

— Ligo para vocês mais tarde. Prometo mesmo.

— Allie, faça um esforço, está bem? Amamos você.

— Eu amo vocês também.

Não vou conseguir voltar a dormir, porque tem adrenalina demais correndo pelas minhas veias. Então, ao invés de me deitar e dormir, checo minha conta bancária para confirmar que os 2 mil dólares estão lá.

E eles estão.

São quase 1.650 libras agora.

Verifico também o meu e-mail, só para não perder o costume. Para a minha surpresa, há um e-mail do mesmo cliente de antes com o assunto "URGENTE" que fora enviado há alguns minutos.

Antes de abrir, penso que possa ser algum erro que ele identificou no meu texto e precisa que eu corrija, mas não é. É um pedido desesperado para que eu produza um texto para um artigo de opinião da revista dele, em cinco dias. O tema do artigo é "A boa vida nas cidades pequenas".

Eu moro em Londres.

O único contato que eu já tive com uma cidade pequena foi na cidade dos meus pais. Claro que eu saberia escrever muito bem sobre isso se tivesse um bom tempo para pesquisar e horas disponíveis para passear no Google Maps. Mas o prazo é pequeno, e eu sei que não vai ficar tão bom quanto poderia.

Ir visitar meus pais talvez não seja uma ideia tão ruim, afinal. Addy vai distraí-los com a vida perfeita dela e eles mal terão tempo de implicar com a minha.

Acho que é a hora de planejar a minha fatídica viagem à Bibury, afinal. Mas, antes, há algo que preciso fazer.

Caminho para fora do quarto para checar se Lia Steele ainda está dormindo no meu sofá, ou se a noite passada foi uma grande alucinação, fruto da minha mente cansada.

Quando chego na sala, ela não está em nenhum lugar. Há um cheque no valor de 550 libras em cima da bancada da cozinha e um bilhete que diz:

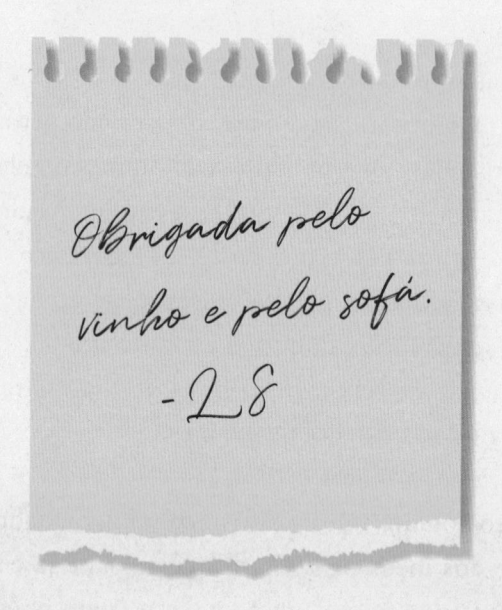

Obrigada pelo vinho e pelo sofá.

— LS

4
Lia Steele

É bom lembrar que, quando você já tem o não, nem sempre é melhor ir atrás da humilhação

Quando desperto, ainda estou no sofá da garota que conheci na noite passada.

Os acontecimentos do dia anterior me atingem como uma ressaca ferrada, daquelas que não te deixam nem abrir os olhos, que é pra você não precisar ter que encarar a realidade do seu estado deplorável.

Eu até poderia colocar a culpa no vinho que Alice me deu, mas não bebi tanto assim.

O que mais me assusta é o fato de ter estado sóbria durante todos os últimos acontecimentos, o que significa que não posso culpar a nada nem ninguém além de mim, por, em menos de 24 horas, ter acabado com o relacionamento "perfeito" que eu tinha com o Henry na frente de centenas de pessoas, beijar Kylie no banheiro de um cybercafé e depois me enfiar no apartamento de uma estranha. E a última parte, por incrível que pareça, foi a menos traumática delas, porque minha noite foi surpreendentemente boa. Alice possui uma quantidade preocupante de assinaturas em plataformas de *streaming*, então eu assisti tipo uns três filmes diferentes e depois adormeci.

Alcanço meu celular na mesinha de café ao meu lado para checar as mensagens. Minha mãe enviou um *emoji* com dois olhinhos. Era quatro da manhã, e agora me sinto culpada porque sei que ela deve ter passado essa noite em claro, morta de preocupação.

Sou, além de tudo, uma péssima filha.

Há uma mensagem de Ted, surtando pelo meu sumiço depois de mandar aquela foto. E de Jackson, meu empresário. Ele quer saber onde estou, se está tudo bem e quando vou voltar. Não quero respondê-lo. Não agora. Preciso resfriar a cabeça antes, porque existem mil e um fatores a se considerar.

Ter um celular é a melhor e a pior coisa que pode te acontecer. Você paga caro num desses para poder se comunicar e, com ele, vem um protocolo social que *te obriga* a falar com as pessoas mesmo quando você não quer.

Chega o momento em que me lembro de procurar o contato de Kylie na minha lista de contatos. A foto dela sumiu. Fui bloqueada e a última mensagem que trocamos foi um "Estou te esperando dentro do banheiro" que eu mandei antes de nos encontrarmos no Caffeine Dive.

Apago a conversa. Ela nunca mais vai querer ouvir meu nome e com toda a razão. Nem sei como eu lidaria com meu próprio chilique, se estivesse em seu lugar. Dei uma surtada legal que, no fim, nem tinha motivo.

Inclusive, passei a noite no sofá do suposto *motivo*.

Tem também algumas mensagens de Henry me questionando sobre o que aconteceu e se eu quero conversar.

Não quero.

Lembrar do que o fiz passar na frente de todas aquelas pessoas me deixa carregada de culpa, mas não sei se poderia ter feito diferente.

Ainda não estou pronta para abrir minhas redes sociais e ler o que as pessoas estão dizendo sobre mim e ele, então, em nome da minha sanidade, não o faço.

Vai ser melhor me desligar da internet por uns dias.

Alice tinha dito que eu podia tomar um banho e, como não tenho a mínima ideia se ela estava falando sério ou não, resolvo deixar o cheque com as cinquenta libras a mais na bancada da cozinha, antes que eu acabe me esquecendo. Nos conhecemos há apenas algumas horas, mas consigo enxergar perfeitamente a expressão cínica em seu rosto. Ela tem traços marcantes, que não vão deixar minha memória por um bom tempo.

O banheiro é bem menor do que estou acostumada, mas o pouco espaço não me traz uma sensação de confinamento. Pelo contrário: me sinto segura em lugares pequenos porque, quanto menos espaço, menos gente, e menos gente significa menos riscos.

Consigo ouvir a voz da minha psicóloga, dizendo que essa minha lógica é fruto do quadro leve de agorafobia que desenvolvi por ser uma pessoa pública. Ao menos ela também diz que isso é mais comum do que as pessoas imaginam.

É terapêutico sentir a água morna escorrer pela minha pele e vê-la escoar pelo ralo, como se a carga ruim dos últimos dias fosse embora com ela. O pedido de casamento desastroso se vai, mas a adrenalina que correu pelo meu corpo no momento em que dei o primeiro passo para ir embora ainda está aqui. O peso do olhar desapontado que Kylie me deu enquanto entrava em seu carro para ir embora me deixa, mas fica o instante em que nossos lábios se encontraram pela primeira vez.

O problema é que, depois de tanto tempo acostumada a tomar banho em banheiros de hotéis, não me lembrei de conferir se haviam toalhas limpas por perto antes de tirar as roupas e me molhar.

Excelente.

Agora, tenho duas opções: posso aguardar pacientemente até que eu me seque sozinha ou me humilhar e chamar por Alice até que ela me escute e venha se divertir às minhas custas antes de me trazer uma toalha. Mas eu tranquei a porta antes de entrar, então, de um jeito ou de outro, vou ter que fazer a caminhada humilhante entre o chuveiro e a porta.

Usar minhas roupas para me secar é uma ideia tão ruim quanto parece? Bem, não quero descobrir.

Arrepio com o vento que passa pela pequena janela e esfria as gotas d'água em minha pele, fazendo com que eu me arrependa da decisão no mesmo instante. Mas abro a porta mesmo assim e escondo o corpo atrás dela, depois me preparo para gritar e descubro que não será necessário, porque Alice está a alguns metros de distância, lendo o pequeno bilhete que deixei para ela em cima da bancada.

Ela se assusta com o barulho e se vira em minha direção com uma rapidez desconcertante. Olhando pelo lado bom, foi menos pior do que ter que chamá-la aos gritos.

— Bom dia? — diz ela, num tom engraçadinho e com um meio-sorriso pensado sob medida para me constranger ainda mais. — Não dá pra fazer piada com você, né? Eu falei sobre dormir aqui e sobre o vinho e você aceitou, depois as 50 pratas para o banho... Por Deus, Lia Steele, nunca ouviu falar em *sarcasmo*?

Reviro os olhos e tento conter a vontade de dar risada da minha própria situação.

— Se já acabou com as piadas, eu gostaria muito que me trouxesse uma toalha.

— Tem outro cheque? Vai te custar mais 15 pratas — brinca, se enfiando corredor adentro.

Quero estapeá-la, mas ela volta com uma toalha tão macia e cheirosa que a vontade passa. Torno a fechar a porta para me secar e colocar de volta as minhas roupas. O shampoo que Alice usa tem um cheiro refrescante de menta, e consigo senti-lo por toda parte depois de secar meus cabelos.

Quando saio do banheiro, a dita cuja está ao telefone. Me sento no sofá para calçar minhas botas enquanto ela se despede da pessoa do outro lado da linha.

— Olha só, Steele, eu sei que você não é muito boa com coisas subentendidas, então vou direto ao ponto: adoraria te deixar usar meu apartamento de albergue por mais um tempo, mas surgiu uma viagem de última hora para a casa da minha família e vou ter que sair daqui a tipo, uma hora ou coisa assim.

A notícia que ela me dá me deixa levemente desapontada. Eu não pretendia ficar muito, inclusive, estava prestes a responder Jack, enviar minha localização e dizer que ele podia mandar o nosso motorista vir me buscar. Mas achei que... Bem... Sei lá o que eu achei, para falar a verdade.

— Quer dizer que eu paguei tudo aquilo e o café da manhã não é incluso? Vou ter que te dar uma avaliação ruim no Airbnb!

É ela quem ri dessa vez e sinto uma pontada boba de orgulho por ter conseguido esse feito.

— Tem uma cafeteira em algum lugar dessa cozinha. Se tiver sorte, em menos de dez minutos sai café dela.

— Não, obrigada. — Suspiro e depois me jogo contra o encosto do sofá. — A única coisa que eu queria tomar agora é um chá de sumiço. Ir pra um lugar no meio do nada, sem internet, câmeras ou pessoas, ninguém para eu ter que dar satisfação.

— Nesse caso, eu tenho o lugar perfeito pra você — ela diz e eu arqueio as sobrancelhas, depois giro o pescoço para olhá-la. — A cidade dos meus pais tinha tipo... 620 pessoas da última vez que alguém se dispôs a contar. É tipo virando a esquina do fim do mundo e a internet lá funciona a carvão, porque Bibury parou no tempo.

— Parece um sonho. Como eu chego até lá?

Alice se vira para pegar um copo d'água e depois volta a olhar para mim com aqueles olhos felinos que descobri serem de um verde-azulado bem clarinho.

— É impossível. Sai um ônibus por década da rodoviária e táxi nenhum aceitaria te levar para esse fim de mundo.

— E como você está indo, então?

— Vou pegar o carro da minha amiga emprestado. Vão ser as duas horas mais longas e solitárias da minha vida, se eu terminar viva. Detesto dirigir.

Ela bate o copo de vidro contra a bancada com um pouco mais de intensidade do que o adequado. É bem óbvio que está numa situação estressante, o que causa em mim certa empatia porque, por razões diferentes, também estou estressada.

Pego meu celular e pesquiso o nome da cidade no Google. As fotos me deixam maravilhada, é como se o lugar tivesse saído direto de um conto de fadas europeu. E de fato, o último censo populacional foi de 2011 e apontou o número impressionante e preciso de 627 cidadãos.

Ao contrário do que parece ser para ela, a ideia de um vilarejo no meio do nada é o oposto de estressante para mim, e eu ainda tenho alguns dias para remoer meus sentimentos e ignorar mensagens até que eu precise lidar com o caos que criei na minha vida amorosa e, consequentemente, profissional — já que as duas têm andado tão juntas nos últimos tempos.

Acho que dá para me permitir mais uma loucura antes.

— Se me deixar ir junto, posso ser sua motorista — digo de uma vez, sem pensar nos quinze tipos de arritmia cardíaca que vou causar em minha mãe e em Jack.

— Você? O que... Mas por quê?

— Eu disse que queria sumir, não disse? Essa cidade que você falou é o lugar perfeito. E eu tenho carteira de motorista. — Acabo me empolgando e me levanto do sofá para chegar mais perto dela. — Te dou mais 500 libras e, quando chegarmos lá, eu vou para um hotel e você nem vai perceber que fui junto.

— Não pode estar falando sério. Você está mesmo se oferecendo para dirigir um carro até os confins de Bibury só para não ter que voltar para sua mansão americana? — ela zomba e eu faço que sim. — Eu devia saber que você é maluca só pelo jeito que chegou na minha mesa, tentando me comprar.

— Isso foi um sim?

— Não sei. Me soa como uma má ideia por vários motivos.

— Entendo sua preocupação — concordo, tombando a cabeça para o lado. — Mas... eu só não queria ter que voltar pra vida real *agora*.

— Existe alguma chance de isso acabar dando terrivelmente errado?

— Errado como? Eu sou uma mulher adulta, olha. — Caminho até a minha bolsa e depois volto com a minha carteira de habilitação. — Pode conferir. Ela vence em 2026.

— Não é disso que eu estou falando. Você é superfamosa ou algo do tipo. Não quero me envolver em nada que acabe como aquela foto da porta do seu hotel que me mostrou ontem.

Abro a boca para contra-argumentar, mas ela tem um ponto muito bom. As pessoas que se envolvem comigo correm o risco de irem de completos desconhecidos ao *trending topics* do Twitter num piscar de olhos. Não costuma durar mais que uma semana, mas pode ser bem incômodo, a ponto de fazer você ter medo de sair de casa e desenvolver ansiedade social.

— Não vou te envolver em nada. É só uma carona.

— Ontem era só o carregador do meu celular, e olha onde estamos!

A campainha do apartamento toca, e Alice corre até a porta antes que eu possa dizer qualquer outra coisa. Do lado de fora, uma garota ruiva de traços orientais passa por ela.

— Alice, você vai cuidar desse carro como se fosse seu filho, entendeu? Seu filho! — diz a garota, jogando a chave no ar para Alice pegar. — Se alguma coisa acontecer com ele, nós duas sabemos que você não vai ter o dinheiro do conserto.

— Não vai acontecer nada! — garante Alice, depois olha para mim. — Na verdade, nem vou ser eu quem vai dirigir.

A amiga dela enfim percebe que estou ali e, por algum motivo, não parece se importar nem um pouco com a minha presença. E não estou querendo dizer que ela deveria se importar por eu ser famosa, mas sim porque, se eu chegasse no apartamento do Ted e visse uma desconhecida, ia querer saber quem ela é.

— Espera aí, essa não é a... — Ela se vira para Alice outra vez, que confirma tudo com um sorriso e um aceno da cabeça. Ah, aí está. — Você só pode estar brincando!

5
Alice Cooper

> Me tornei quem eu mais criticava: a pessoa que sente pena de uma milionária

Quando alguma coisa cheira como uma má ideia, há pelo menos 99,99% de chances de ela de fato ser uma má ideia.

Boas ideias não deixam dúvidas, eu reconheço uma quando a vejo, e se enfiar num carro com uma estrela do pop a caminho da minha cidade natal não soaria como uma boa ideia em nenhum dos universos possíveis.

Depois que fiz Clara se acalmar, e prometer que não contaria a ninguém que eu estava levando Lia Steele até Bibury — ou melhor: o contrário disso —, fui fazer as malas e foi nesse fatídico momento em que tive o vislumbre de um ótimo motivo para me livrar da cantora: roupas.

Ela não tinha uma mala para viajar, e a coisa mais perto de um shopping em Bibury era uma loja de presentes e o brechó da igreja.

Mas é claro que isso não foi o suficiente para dissuadi-la.

Por fim, tivemos que parar o carro a duas quadras de distância do hotel em que ela estava ficando, e depois eu fui andando até lá para buscar suas roupas e ser interrogada pelo produtor dela, que pediu até o número do meu seguro social.

O desespero evidente em cada linha de expressão dele era meio cômico. Sua grande estrela estava fugindo para o interior por um fim de semana inteiro com uma estranha. Eu também estaria um pouco assombrada.

— Ele ficou bem? — pergunta Lia, assim que me sento no banco do carona ao seu lado.

— Bem *preocupado*.

— Eu imaginei. Na verdade, as quase cinquenta mensagens dele no meu celular falam por si só.

— Ele acha que você vai se envolver num escândalo, arruinar sua imagem e perder contratos importantes que decretarão o fim da sua carreira?

Lia deu uma risada nervosa enquanto arrancava o carro.

— Não. Quero dizer, também. Ele tem um marido e duas filhas, então não sou inocente em achar que ele só está preocupado comigo, mas nos conhecemos há muito tempo e eu nunca fiz... *isso*.

— Para tudo tem uma primeira vez, né? — digo, depois checo a rota no GPS pela quinta vez. — Por mais que eu quisesse muito que a primeira vez não envolvesse você dirigindo um carro comigo dentro em rodovias.

— Vai dar tudo certo, tá? — Lia ri. — Vai ser uma história ótima para contar pros seus netos um dia.

— Como se os pestinhas fossem acreditar em mim sem nenhuma foto para provar.

— Quer saber? Acho que eu te devo essa. — Lia aproveita que o carro está parado no semáforo e pega o meu celular do porta-objetos. — Vem, eu vou te dar uma selfie de presente.

— Uma *selfie*. De *presente*?

— É. Pra você mostrar pro seus netos. — Sem esperar pela resposta, ela aproxima o rosto do meu e bate a foto. — Muita gente mataria por uma dessas.

Ela me entrega o celular com a imagem de nós duas aberta na tela. Eu fiquei com uma expressão horrenda de susto, mas Lia Steele tem um sorrisinho nos lábios que faz um ótimo trabalho em ofuscar qualquer coisa à sua volta.

— Tem doido pra tudo nessa vida — provoco, meus lábio se esticando em um sorriso de canto.

A loira revira os olhos, mas não retruca. Em vez disso, ela liga o rádio e, para a surpresa de ninguém, está tocando uma música de sua autoria.

É uma balada; porque isso é tudo o que Lia canta e tudo que a minha ex escutava.

— Uma coisa que eu não entendo sobre cantores é: como eles suportam ouvir a própria voz gravada o tempo inteiro? — digo.

— Não suportamos. — Ela pula a estação no mesmo instante. — Mas sempre rolam edições na nossa voz pra ficar mais melodiosa e harmonizar com a parte instrumental, então não é tão insuportável assim.

Agora está tocando gospel nos autofalantes, mas, pelo visto, esse tipo de música não faz o gosto de Lia porque ela troca. Passamos pelo *country*, pelo jazz e pelo metal até chegar no *folk* e, por fim, ela se contenta com uma estação de música indie alternativa que toca Syd Matters com uma frequência preocupante.

Mas não dá pra negar que "To All of You" tem a vibe perfeita para uma *roadtrip* para fora de Londres em uma manhã fria. Quando murmuro baixinho a parte que diz "*I wish I had an American girlfriend*", Lia me olha com os olhos semicerrados e um sorrisinho presunçoso, e eu balanço minha cabeça em negativo com os lábios franzidos.

— Posso te perguntar uma coisa? — diz Lia.

— Já perguntou — brinco.

— *Outra* coisa.

— Vai em frente.

— Por que você mora tão longe da sua família?

— Considerando que a minha irmã mora nos Estados Unidos com o marido, eu até que moro bem perto. — Balanço os ombros.

— Mas ela mora com a família dela, certo? Você é... Você mora...

— Sozinha?

— Isso. É meio estranho pra mim, porque não consigo imaginar minha vida longe da minha família. E se tem uma coisa que eu tenho de sobra é companhia.

— Bom, pra começar, eu saí de Bibury porque queria fazer faculdade. — Faço uma pausa quando as memórias da minha época de universitária preenchem a minha mente. Foi um período de adaptação conturbado, mas eu sobrevivi naquele alojamento como uma campeã, andando de bicicleta pelo campus e fazendo duas refeições por dia. — Literatura. Eu amo arte, amo ler, e amo aprender sobre a nossa língua que, aliás, foi arruinada por vocês ianques.

Lia riu.

— Ei! Só porque vocês têm um sotaque bonito não significa que *seu* inglês é melhor que o nosso. E, só pra deixar claro, quando você me chama de "ianque" eu fico meio ofendida.

— Sei disso. E nem estou falando só do sotaque. Tipo assim, qual a obsessão de vocês com enfiar a letra R em tudo?

— O que *vocês* têm contra a letra R?

— É um fonema irritante. — Dou de ombros. — Mas, como eu estava dizendo, vim pra Londres pra estudar e acabei gostando da cidade mais do que achei que gostaria. Fiz amigos, arranjei um apartamento e não preciso dirigir quilômetros pra ir a um supermercado.

— E como sua família se sentiu sobre isso?

— Com a minha irmã mais velha em outro país, demorou pra eles conseguirem se abrir pra ideia, mas eles sabiam que eu teria oportunidades melhores em Londres na minha área. — Me pergunto o que eles pensam sobre isso agora que eu reneguei todas para me tornar uma *ghostwriter*, coisa que eu podia ter me tornado em qualquer lugar do mundo. — Mas a pergunta que não quer calar é: por que estamos falando de mim quando você claramente tem uma vida muito mais interessante do que a minha?

Ela ri.

— O que você quer saber?

— Sei que não posso falar sobre o seu noivado.

— Não.

— Sobre o quanto você fatura por mês com álbuns, shows e *merchandising*?

— É melhor não.

Ela tira os olhos da estrada por alguns instantes para me olhar e eu bufo.

— Está bem. Me fala sobre a *sua* família.

— Certo, hm... Deixa eu ver... Somos só eu, minha mãe e meus avós maternos há alguns anos, mas tanto tempo trabalhando com o Jack meio que transformou ele numa figura paterna, então nós passamos os feriados juntos e eu sou um dos contatos de emergência dele, porque ele diz que o marido tem o emocional frágil e não é confiável em situações estressantes.

— Rá. Imagina só: você atropela um cara aleatório na rua e precisa chamar um familiar, mas quem atende o telefone é a Lia Steele! — Eu dou uma risadinha.

— Tomara que não aconteça, porque meu emocional também não é lá essas coisas.

— Suas músicas deixam isso bem claro, acredite.

— Pra quem diz que não escuta minhas músicas, você até que sabe bastante sobre elas.

— Culpa da minha ex, eu já disse.

Depois de erguer as mãos em sinal de rendição e cruzar os braços, continuo:

— Você sempre morou na Califórnia?

— Na verdade, eu moro em Nova Iorque. Mas tenho uma casa em Los Angeles, porque bem, é Los Angeles, e muita coisa acontece lá o tempo todo.

Quase pergunto se ela precisa mesmo dos treze banheiros, mas não quero soar como uma maluca que saberia dessas coisas, ou pior: *como Stephanie.*

— Entendi. É que eu assumo que todo cantor ou artista famoso mora na Califórnia, porque os filmes americanos são muito bons em passar essa impressão.

— Justo. Aquele é o lugar com mais paparazzi por metro quadrado do planeta Terra. É insuportável ficar lá por um mês, quem dirá uma vida.

— É tão ruim assim? — pergunto, girando o pescoço para olhar para ela. — São só fotos.

Lia solta o ar pelas narinas com um pouco mais de intensidade, de um jeito sarcástico.

— Você claramente não sabe o estrago que uma foto minha com a pessoa errada no lugar errado pode causar — ela diz, tamborilando os dedos contra o volante. — Ou com a roupa errada, ou se eu tiver acabado de ganhar ou perder peso demais. Sério. Já não consigo nem contar mais as vezes que espalharam rumores sobre eu estar grávida ou ter feito alguma cirurgia plástica.

— E você não pode, sei lá, fechar a internet e ir fazer outra coisa?

— É mais fácil falar do que fazer. A vida acontece nas redes sociais hoje em dia e, mesmo que eu ignore, não impede as pessoas de falarem ou inventarem boatos. E essa é só a parte superficial da coisa. Uma vez um jornalista publicou o endereço de um hotel que eu estava em Vancouver. Poucas horas depois, minha equipe de segurança interceptou uma mulher que estava a caminho do meu quarto com uma seringa.

— Uma *seringa*? — Minha expressão é de choque. — *Porra*.

— Exato. Tinha um líquido dentro, mas ninguém nunca soube o que era porque ela disse que não se lembrava de nada na delegacia.

— Ok, você venceu. Isso é assustador.

— Bem-vinda à minha vida. — Ela suspira, ainda batendo os dedos contra o volante. — Tem muita gente maluca por aí.

— Eu que o diga. — Aponto discretamente para Lia com o queixo, mas ela vê e acaba rindo. — Mas a pergunta de um milhão de dólares é: o que faz alguém querer viver assim?

— Eu amo o que eu faço. Amo compor, tocar, me apresentar na frente de multidões e sentir a vibração da plateia enquanto canto. Amo os fãs e todo o amor e dedicação que eles têm com o meu trabalho. Não consigo me imaginar fazendo outra coisa, por mais que esse seja o preço que eu tenha que pagar. Acho que é o que nasci pra fazer.

Pisco algumas vezes, contemplando sua última frase. Faz sentido para mim essa noção de si, de pertencimento e a certeza de um lugar no mundo. Sinto que ser uma escritora fantasma é a minha vocação e também não consigo me imaginar fazendo outra coisa, mas não sei se abdicaria de uma vida normal para isso.

Mas Lia Steele e eu queremos coisas diferentes. Estamos em pontas opostas de retas concorrentes que se cruzaram sabe-se lá o porquê.

— Quem sou eu pra falar algo, mas... você realmente deveria conversar com alguém sobre seu estilo de vida te levar a entrar num carro com uma estranha rumo a um vilarejo do interior da Inglaterra.

— Eu tô te *pagando* por uma *carona* — Lia insiste. — O que mais você quer de mim?

— Prestar atenção nas placas seria um bom começo. Estamos abaixo do mínimo de velocidade permitida nesta rodovia.

A loira rosna depois de pisar no acelerador.

— Eu gostava mais quando a gente estava ouvindo música e você estava em silêncio.

A viagem de duas horas mais longa de todos os tempos começa a dar seus primeiros sinais de estar chegando ao fim à medida que as casinhas pitorescas do distrito de Cotswolds surgem pelo caminho.

Saber que em minutos estarei em casa com a minha família não me conforta tanto quanto eu gostaria, mas ao menos a minha vida tomará os primeiros passos rumo à normalidade outra vez.

Lia está em silêncio há algum tempo, enquanto mexe em seu celular. Agora que sei um pouco mais sobre ela, e depois de tantas horas juntas, não consigo evitar sentir uma estranha afeição por sua pessoa.

Nada que não possa ser resolvido com *nunca mais vê-la novamente*.

— Agora que chegamos, me lembrei de te avisar que temos um hotel, dois albergues e uma pousada na cidade. Vou te deixar no melhor deles e, antes que a gente chegue lá, vou poupar você da pergunta: sim, é o melhor deles — brinco, a olhando de esguelha.

— Eu cresci numa fazenda no interior da Pensilvânia. Não vai ser um hotel três estrelas no meio de uma cidadezinha deserta que vai me assustar.

— Ótimo. Vira à direita. — Aponto para a próxima esquina, já dentro da cidade.

Inspiro o ar úmido, que me traz uma baita nostalgia. Cada casa antiga e estabelecimento comercial me traz alguma memória da minha infância e adolescência, nem que seja muito sutil. Ladeando a rua principal está o rio Coln, onde eu e outras crianças nadávamos durante as férias escolares, mas que agora estava tomado pela vegetação indomável.

Ao passar por rostos conhecidos, me pergunto se as mesmas pessoas ainda estão ali, vivendo, trabalhando, como sempre estiveram em todas as outras vezes que visitei.

Nada nunca muda em Bibury, o que, apesar de monótono, é meio reconfortante.

— Estaciona desse lado da rua. — Aponto, ao chegarmos em frente ao The Swan Hotel. O lugar é como qualquer outra estrutura de Bibury: velha e coberta por trepadeiras, cujas folhas estão secas e quebradiças porque é o meio do outono. — É aqui.
Depois de dizer, salto do carro e Lia faz o mesmo.
— Então... — ela começa, caminhando em minha direção.
— Isso é um tchau?
— É. Acho que sim — respondo, pegando a mala da Louis Vuitton no banco de trás e entregando em suas mãos. — Como você pretende ir embora?
— O Jack vai mandar um carro me buscar no domingo, depois vamos voltar pra casa e resolver tudo com a imprensa e com o Henry.
— Ótimo. — Suspiro, pressiono os lábios um contra o outro e enfio minhas mãos no bolsos da calça. Olho nos olhos grandes de Lia mais uma vez e depois à minha volta por instantes, em busca de contato com a realidade. — Boa sorte.
— Obrigada.
Ela também olha ao redor, e o vento bagunça os cabelos loiros, levando os fios pro seu rosto.
Quero me afastar, entrar no carro de Clara e seguir o caminho até a casa onde cresci e enfim deixar tudo aquilo pra trás: Lia, seus dramas, suas músicas, seu rostinho bonito e sua dificuldade em entender sarcasmo.
Só que, vendo aquela mesma expressão de cachorro perdido em seu rosto da noite passada, sinto-me um monstro por abandoná-la sozinha num lugar desconhecido.
— Me dá seu celular — peço, estendendo a mão. Ela entende rápido e dá o aparelho para que eu coloque o meu número.
— Se precisar de alguma coisa, você pode ligar.

— Espero que eu não precise. — Ela balança os ombros e sorri, com um brilho agora confiante no olhar. — Mas obrigada mesmo assim, Alice Cooper. Foi um prazer te conhecer, apesar de tudo.

— É. *Apesar de tudo.* — Rio, desconcertada. — Tchau.

Ergo a mão em um aceno, antes de dar a voltar pra entrar no carro.

— Tchau. — Ela acena de volta, depois atravessa a rua.

E é assim que me despeço de Lia Steele.

6
Lia Steele

Experimento científico é bobagem, pra que testar a Lei de Murphy se você pode passar um dia inteiro na minha pele?

— Lamento, mas não temos mais vagas para o fim de semana — diz a recepcionista do The Swan Hotel. Pisco incontáveis vezes, tentando compreender o sentido daquela frase, porque Alice Cooper me vendera Bibury como uma cidade fantasma, e agora o melhor hotel deles está lotado. — Está acontecendo uma conferência de agricultores no vilarejo e todos os quartos foram reservados.

Não sei como reagir.

O que eu costumo fazer nesses casos é dar a cartada de celebridade. Meu nome é como uma chave universal para quase todas as portas e, quando ele não funciona, meu dinheiro faz esse trabalho com a mesma maestria.

— Tem certeza de que não tem nada que podemos fazer? — Olho a moça nos olhos enquanto deslizo meu documento e um cartão *Black* em sua direção.

Sei que não é correto, mas estou sem recursos, e exausta após viajar cem milhas de carro ao lado da mulher mais desafiadora e impossivelmente atraente que já conheci.

— Senhorita... — A recepcionista dá uma olhada nos meus documentos e, sem dispensar muita atenção, os empurra de volta pra mim. — Eu adoraria ajudar, mas, como eu disse, todos os quartos foram reservados e, a menos que não se importe em dormir no sofá da recepção, não temos onde acomodá-la.

Aperto a mandíbula para não deixar meu queixo cair. Não porque estou ofendida, mas porque estou surpresa. Essa é a primeira vez em muito tempo em que nem ser Lia Steele e ter muito dinheiro conseguem resolver meus problemas.

Aquela mulher e todas as pessoas à minha volta não parecem fazer a mínima ideia de quem eu sou e isso é *maravilhoso*.

Me sinto como um fantasma vagando no mesmo espaço, mas num plano diferente, sem me preocupar em como agir ou se alguém vai tirar uma câmera do bolso para me filmar e causar uma comoção.

Sei que é cedo para dizer, mas mesmo que eu ainda não tenha um teto ou uma cama para dormir, estou adorando Bibury.

— Entendo. — Suspiro e deixo meus ombros caírem. — Você conhece algum outro lugar?

— Tem um alojamento confortável aqui por perto, descendo a B4425 depois virando à direita e então à esquerda na esquina da Cemetery com a Church.

— Me desculpa, o quê? — pergunto, depois das palavras dela terem soado como grego.

Talvez eu esteja muito ferrada.

— Aqui. — Ela tira um pequeno mapa de bolso de debaixo da bancada, abre ele e, depois de apontar onde fica o lugar, contorna com a caneta dois pontos diferentes. — O The Square e o The Bothy ficam bem perto um do outro, mas eu recomendo você se guiar pelas ruas e não pelas vielas ou pelo gramado.

— Pode deixar. — Me agarro àquele mapa como se ele fosse o meu colete salva-vidas e depois direciono um sorriso à moça. — Muito obrigada.

— Disponha. — Ela dá de ombros e sinaliza para que a próxima pessoa seja atendida.

Passando pela porta do lugar mais uma vez com nada além da minha mala e um mapinha de bolso, dou de cara com a claridade do dia outra vez.

Respiro o ar úmido de Bibury e paro para escutar a calmaria daqueles arredores. Estou oficialmente sozinha.

Mas eu posso fazer isso.

✦

Eu não posso fazer isso.

Os lugares que a recepcionista do hotel me indicou no mapa estão lotados e, quando eu encontrei um estábulo — isso mesmo, um *estábulo* — que aceitava hóspedes a algumas ruas de distância, os donos me disseram que só aceitavam pagamento em espécie.

Como na Idade da Pedra.

Com a minha mala começando a ficar pesada demais para ser arrastadas pelas ruas nada regulares daquele vilarejo, e o sol perigosamente perto de se pôr no horizonte, não tive outra escolha.

Liguei para Alice, mas ela não me atendeu. Então perguntei ao pessoal do estábulo se eles sabiam o endereço da família Cooper e era óbvio que eles sabiam.

Não era longe dali — *nada* em Bibury é realmente longe —, só que eu estava morta de cansaço e, depois de me tocar que nenhum aplicativo de corridas funcionaria naquele lugar, achei o número da única companhia de táxi da cidade para pedir um carro.

Meia hora de espera e muitas ruas de pedra depois, ainda consigo sentir o carro trepidar enquanto caminho em direção à residência da família de Alice Cooper.

A construção é rodeada por cerca viva, apesar de estar com os portões abertos bem como todas as casas desta cidade, e possuir o mesmo padrão de alvenaria crua do lado de fora.

Passo pelo pequeno jardim de peônias para alcançar a porta, e minhas batidas leves e errantes me causam frio na barriga. Sei que Alice vai surtar ao me ver, e detesto estar invadindo a privacidade dela outra vez, mas enquanto eu calculei errado as probabilidades dessa viagem ser um desastre, ela parecia estar bem segura de que tudo daria errado. Por isso, talvez, ela já esteja esperando por mim.

— Deixa que eu atendo. — Escuto a voz da morena do lado de dentro e estremeço mais um pouco.

A porta se abre e Alice pisca pelo menos meia dúzia de vezes antes de caminhar para fora e fechá-la atrás de si.

Ela definitivamente *não* estava esperando por mim.

— Oi — digo, erguendo uma das mãos em um aceno e não sabendo o que fazer com ela depois.

— O que você está fazendo aqui? — pergunta, num tom mais de curiosidade do que de indignação.

Isso é bom, eu acho.

— O hotel onde você me deixou estava lotado. E os outros dois para onde fui depois também. Aí eu parei em um estábulo, mas adivinha?

— Eles não aceitam cheque ou cartão. É, eu sei — ela diz com um sorrisinho de canto como se aquela situação fosse engraçada e não desesperadora. — Por que você não me ligou?

— Eu liguei. Umas dez vezes.

— Ah. — Alice tateia os bolsos da calça, mas não encontra nada. — Foi mal, acho que deixei o celular morrer.

— Tá tudo bem. Não foi difícil te achar. — Bufo, chutando o chão com a ponta da minha botinha. — Eu sei que prometi não incomodar, mas será que não dá pra você me ceder um sofá por mais uma noite?

— Lia, eu... — Alice coça a nuca e não diz nada durante alguns segundos. — Eu entendo que você precisa de um lugar pra ficar, mas essa não é a minha casa. Não posso simplesmente convidar uma estranha e...

Antes que Alice consiga terminar, a porta se abre atrás dela e uma mulher bem mais velha entra em cena.

— Quem é? — pergunta à Alice, depois acena de forma breve pra mim. Elas têm os mesmos cabelos negros e pele pálida.

— Mãe, essa é a Lia. Lia, essa é a minha mãe, Lucy. — Alice gesticula como se estivesse perto de ter um derrame.

— Lia? Você nunca falou de nenhuma Lia — diz a senhora Lucy Cooper, e depois me olha dos pés à cabeça. — De onde vocês se conhecem? — ela pergunta pra mim.

— Ahn... — gaguejo, depois olho pra Alice, sem saber se a verdade é a resposta certa para aquela pergunta, e com um rápido balançar da cabeça de um lado pro outro ela me diz que não. — De Londres. Somos... *amigas*.

— Londres, é? E como você veio parar aqui? — Lucy tem um sotaque do interior ainda mais forte do que a filha, então, quando ela faz a pergunta com um tom bem-humorado, parece sarcasmo.

— Eu dei uma carona pra ela — diz Alice.

— Mas quem dirigiu fui eu — lembro-a, cruzando meus braços.

— Dá no mesmo — diz ela, depois se vira para falar com a mãe outra vez. — Ela queria conhecer a vila, então viemos juntas.

— Bom, ao contrário do que minhas filhas pensam, Bibury é um lugar maravilhoso. Você já tem um lugar pra ficar?

— Sobre isso... — começo, já sentindo o olhar cortante de Alice sobre mim. — Os hotéis que eu procurei estão cheios, então eu vim perguntar se a Alice não conhece algum lugar que tenha vagas.

— Allie, por que você não disse antes? — bronqueia a mulher, pousando um das mãos no quadril. — Lia, você é mais do que bem-vinda se quiser ficar com a gente.

O rosto de Alice ficou branco.

— Obrigada, senhora Cooper, mas não quero incomodar.

Não quero incomodar a sua filha, completo mentalmente.

— Incomodar? De jeito nenhum! E pode me chamar de Lucy — diz ela, gesticulando para que eu entre com tanta veemência que eu não tenho outra escolha se não seguir o comando, tropeçando na minha mala. — Minha outra filha veio visitar com o marido e os filhos, então o quarto de hóspedes está ocupado, mas você pode dormir no beliche com a Allie.

Olho para trás, e Alice está no nosso encalço com os braços cruzados e uma expressão de poucos amigos. Torcendo para que ela entenda leitura labial, murmuro um "me desculpa" bem baixo e ela revira os olhos.

— Eu nem sei como agradecer, Lucy — digo à senhora.

Por mais que meus planos de não importunar Alice tenham saído pela culatra, é um alívio enorme saber que não vou ter que passar a noite numa viela de uma cidade desconhecida.

E se isso não é um indício de que eu preciso começar a repensar meus atos, não sei mais o que pode ser.

— Não precisa agradecer. Por quanto tempo você vai ficar? — pergunta Lucy.

— Só pelo fim de semana.

— Bom, não é tanto tempo, mas dá pra aproveitar bastante a cidade. — Ela se vira para mim outra vez. — Alice, leva a mala da Lia pro quarto enquanto seu pai e eu terminamos de servir o jantar, está bem?

— Pode deixar — Alice diz, passando por mim para agarrar a alça da mala enquanto Lucy desaparece pela porta da cozinha. — É só me seguir. — Dessa vez ela fala comigo. — Ah, antes que você pense em reclamar, saiba que você se sujeitou a isso.

— Do que você tá falando? — pergunto, enquanto ando atrás dela pelo corredor.

Não recebo respostas até chegarmos numa sala de jantar, que tem uma mesa para oito pessoas onde um casal e uma garotinha estão sentados. Eles não nos percebem no começo, mas quando a mulher — que também se parece muito com Alice — levanta os olhos, eles ficam fixos em mim enquanto ela cutuca o homem insistentemente.

— Ai, meu Deus — o cara diz, assim que me vê, sua pele marrom-clara empalidecendo no mesmo instante.

Ai, meu Deus.

Eu sou uma grande imbecil.

— Alice, quem é essa? — pergunta a mulher. Mas desconfio que ela saiba muito bem quem eu sou, porque só agora eu me lembro de Alice ter me falado sobre a irmã que mora nos Estados Unidos.

— Essa é Lia. A que eu disse que veio dirigindo até aqui — diz a morena, com tons descarados de sarcasmo na voz.

— Lia *Steele*? — o rapaz pergunta, atordoado. — A cantora?

— Em carne e osso — responde Alice, e eu quero enfiar a minha cara em uma almofada e gritar. — Bom, como vocês meio que já se conhecem, eu vou lá pra cima guardar essa mala e já volto.

É oficial: Alice Cooper é a mulher mais cínica que já pisou na face da Terra.

✧

Denis Willer — cunhado de Alice — adora as minhas músicas e o bolo do aniversário de 32 anos dele tinha uma foto minha. Ele já foi em quatro shows meus e sabe cantar todos *os singles* de cor.

O que me surpreendeu bastante, porque minha fã-base é composta em sua maior parte por mulheres e homens gays. Mas ali estava eu, autografando o caderninho da lista telefônica da família Cooper para ele guardar a página e levar pra casa, enquanto sua esposa o encara do outro lado da mesa, meio constrangida.

Mesmo depois que expliquei a história de como vim parar no interior da Inglaterra com a irmã dela, Addison Cooper parecia ainda não ter se dado por convencida de que aquela não era uma pegadinha, ou que eu não era só uma pessoa parecida demais com Lia Steele e estava tentando enganar todo mundo.

Não posso culpá-la. No começo da minha carreira, quando os convites para eventos e premiações começaram a chegar, eu também ficava impressionada. A primeira vez que me colocaram no mesmo salão que a Rihanna achei que teria um ataque nervoso. As pessoas sempre mistificam celebridades, até ficarem cara a cara com uma e perceber que nós também podemos ter mau hálito, ansiedade social e caspa como qualquer outra pessoa.

— Ainda não consigo acreditar — diz Denis. — Quero dizer... Qual a chance de isso acontecer?

— Agora você sabe como eu me sinto — desabafa Alice ao descer as escadas e juntar-se à mesa.

— Você fala como se fosse uma coisa ruim — critica Denis. — Poxa, se eu esbarrasse com Lia Steele por aí, eu...

Ele recebe um olhar cortante da esposa.

— Você o *quê*? — Addison ergue uma das sobrancelha e nós rimos.

— Eu ia pelo menos pedir uma foto, sei lá. — Ele ergue as mãos em sinal de rendição.

— É uma situação meio estranha, pra falar a verdade — tranquiliza a irmã de Alice. — Sem ofensas. Estamos todos felizes por você estar aqui.

— Alguns mais, outros menos... — Alice murmura.

— Obrigada — digo à Addison. — A cidade é linda, e vocês parecem ser uma família maravilhosa. Alguns mais, outros menos. — Olho pra Alice, que está com os braços cruzados. Ela bufa. — É bom estar fora do radar por um tempo.

— Não se preocupa, não vamos contar pra ninguém — tranquiliza Addison.

— Contar o quê? — pergunta Maggie, a sobrinha de Alice, que esteve esse tempo todo ali com a cara enfiada no celular assistindo vídeos no TikTok. Os cachos fechados e escuros revelam o rosto rechonchudo quando ela olha para as pessoas na mesa.

— Que o vovô e a vovó estão chegando com a janta e seu tempo de tela já acabou por hoje — contorna Denis, erguendo a mão para que ela entregue o celular.

A garotinha resmunga, mas dá o aparelho nas mãos do pai.

— Lia, espero que goste de torta de galinha — diz Lucy, chegando com uma travessa enorme que exala um cheiro divino. É quando eu me lembro que não comi nada decente durante todo o dia.

Que Alice e seus olhares de desaprovação me perdoem, mas hoje eu venci.

7
Alice Cooper

Vamos aos fatos: quem precisa de inimigos quando se tem família?

No começo, fiquei incomodada com a ideia de Lia Steele se hospedar na casa dos meus pais, porque a ocasião já seria desconfortável o suficiente sem uma celebridade mundialmente famosa envolvida. No entanto, ela está conosco há algumas horas e, desde que chegou, roubou toda a atenção, o que significa que estou apreciando a minha paz como nunca antes em Bibury.

Em algum momento da conversa entediante sobre música após o jantar, subi para o quarto e comecei a trabalhar no meu artigo. Depois de uma hora inteira de escrita e pesquisa muito produtivas, fui escovar os dentes e me aprontar pra dormir. Agora, estou aproveitando o silêncio do meu antigo quarto para escutar um *podcast* de História da Arte e atualizar Clara sobre a viagem.

Ela perguntou sobre o carro e sobre Lia Steele. Mas é nítido que ela não daria a mínima se a loira tivesse dado perda total no veículo.

— Alice? — Escuto a voz de Lia no corredor e batidas na porta em seguida.

— Pode entrar.

Lia abre a porta e me encontra deitada no beliche de baixo. Quando eu e Addison éramos mais novas, nós dividíamos o quarto porque, onde hoje é o quarto de visitas, dormia nossa avó paterna. Então para ocupar menos do nosso espaço, preferimos ter um beliche e a minha cama era a mais perto do chão já que eu me mexia demais e meus pais tinham medo de que eu acabasse caindo.

— Isso é um globo espelhado de verdade? — ela pergunta, apontando para o objeto brilhante que pende do teto e espalha pontinhos de luz por todo o cômodo.

— Sim — respondo, apesar de ser bem óbvio. — Eu pedi um pro meu pai de presente de aniversário de oito anos depois que vi em um filme.

— É bonito. E meio inesperado.

— Eu sei. — Balanço os ombros.

— Vim procurar meu pijama — diz Lia, enquanto caminha até sua mala. — E pedir desculpa por ter aceitado o convite da sua mãe sem saber se estava tudo bem por você.

Pauso o episódio sobre Impressionismo e tiro os olhos do celular pra encarar a loira, que está sentada no chão com os olhos azuis bem fixos em mim.

— Não precisa se desculpar. Você não tinha muita opção e, agora que está aqui recebendo toda a atenção da minha família, eu meio que estou adorando a ideia.

— Eles parecem pessoas legais.

— Só está aqui há algumas horas. — Bufo, o celular ficando de lado por um instante. — E você não é a ovelha desgarrada que fez o que pôde para falhar com todas as expectativas que seus pais tinham pra você.

Lia faz uma expressão engraçada.

— Posso não ser a ovelha desgarrada, mas eu definitivamente falhei com as expectativas que a minha mãe tinha pra mim.

— Rá. Fala sério. — Ela tem minha atenção outra vez. — Vai me dizer que sua mãe odeia ter uma filha rica e famosa?

— Ela não odeia, mas não foi isso que ela "sonhou" — Lia faz aspas com os dedos. — pra mim. Nem de longe. Ela queria que eu fosse advogada, porque é a profissão que ela teria seguido se tivesse dinheiro para bancar a faculdade.

— Isso soa como o meu pai. Ele fazia pequenas entregas na cidade e pelas cidades vizinhas e, durante as férias da escola, eu e minha irmã ajudávamos ele. Era mais um bico do que um trabalho e, entre uma viagem e outra, escutávamos longos sermões sobre como era importante estudar e ter um emprego de verdade. Quase matei o cara quando disse que queria cursar Literatura. — Lia ri, e eu acabo rindo um pouco também. — Mas ele achou que pelo menos eu acabaria virando professora. O que por si só já prova que ele não sabe muito sobre mim, porque eu seria incapaz de ensinar alguma coisa a alguém.

— Você nunca me disse com o que você trabalha. — Lia reclina o corpo e usa as mãos para sustentar o torso, esperando que eu fale.

— Eu sou uma escritora fantasma. As pessoas me procuram para escrever as coisas que elas não sabem ou não querem escrever, como artigos, monografias, editoriais, livros, essas coisas.

— Sei como funciona. Você ficaria surpresa ao saber quantos músicos usam *ghostwritring* em suas músicas.

— Não ficaria, não. Se eu soubesse uma vírgula sobre escrever música eu me arriscaria nesse mercado, porque a demanda é insana.

— E você nunca quis ter nada com o seu nome assinado em baixo?

— Pra falar a verdade? — Balanço os ombros. — Não. Eu envio um texto pro meu contratante e ele decide se está bom o suficiente. A única pessoa que eu quero opinando sobre algo que eu escrevi é quem está me pagando pra isso. Por isso eu gosto do anonimato, ele me dá liberdade.

— Ah — diz Lia, enquanto se coloca de pé. Ela junta uma porção de coisas numa bolsinha e caminha até a porta. — Liberdade. Aí está algo que eu gostaria de ter sido mais consciente ao abrir mão.

Não sou a pessoa mais empática do muito, mas o tom com o qual ela diz a última frase evidencia um certo ressentimento. De repente, me torno quem sempre critiquei: a pessoa que tem pena de uma milionária.

— Sei que minha irmã e o marido americano estragaram seus planos de um fim de semana de camponesa anônima, mas ninguém mais vai te incomodar por aqui. Você está numa pequena vila isolada no Reino Unido, cheia de fazendeiros e gente velha, então tem liberdade de sobra.

Lia estica os lábios num sorriso, olhando bem nos meus olhos. Tento me convencer de que isso não me deixa desconsertada, mas lutar contra a urgência de desviar o olhar não torna isso mais fácil.

— Tem razão — diz ela. — *Carpe diem*, certo?

— Pode apostar. — Aponto pra ela, fazendo uma arminha com uma das mãos e o gesto é tão constrangedor que eu recuo o braço de maneira instantânea.

No que diabos estou pensando?

— Quero dar uma volta pela cidade amanhã, conhecer um pouco mais. Mas agora vou tomar um bom banho pra relaxar e depois dormir.

— Parece uma ideia ótima. Mas, levando em consideração o tanto que você andou hoje, é possível que não tenha nada de novo para conhecer.

Ela ri, depois sai do quarto e fecha a porta atrás de si. Eu deslizo as costas pelo colchão e me afundo nas cobertas, amaldiçoando minha própria existência.

Não vi Lia entrar no quarto e se deitar na cama de cima porque adormeci antes. Levou algum tempo pra eu lembrar de tudo que acontecera ontem quando acordei esta manhã e vi o braço de uma pessoa pendurado do beliche de cima.

Era só Lia Steele, que já desempenha o papel recorrente de coadjuvante na minha vida.

Ao descer as escadas para tomar café, encontro Maggie e Peter sentados no carpete enquanto um episódio de "Miraculous Ladybug" passa na televisão.

Da última vez que vi essas crianças, Maggie usava fraldas e Peter era uma coisinha vermelha e enrugada que dormia o dia todo. Isso faz mais ou menos um ano, então não é de se surpreender que nenhum dos dois tenham memórias vívidas de mim. Addison sempre diz que gostaria que eles tivessem uma tia que os levasse para passear e criar boas lembranças, o que me leva à conclusão de que deve ser hereditária a necessidade intrínseca de me fazer sentir culpada por viver minha própria vida.

Me pergunto se ela ainda acharia o mesmo se me visse interagir com uma criança por mais de cinco minutos.

Quando chego na cozinha, a mesa do café está posta, mas mal dá tempo de puxar uma cadeira pra me sentar, porque meu pai, minha mãe, Addison e Denis estão olhando pra mim fixamente, estáticos.

Ótimo.

— O que é? — pergunto, cruzando os braços e me reclinando na cadeira. — Foi a mamãe quem convidou ela, não eu.

— Você poderia ter dito que a sua amiga era uma celebridade, Allie — diz minha mãe.

— Quando? Quando você interrompeu a conversa pra chamar ela pra entrar e me mandou colocar as coisas dela no *meu quarto*? Além do mais, ela não é minha amiga. Nós nos *esbarramos*. E o motivo de ela ter vindo pra Bibury é justamente porque ela queria dar um tempo dessa vida de superfamosa, então espero que vocês se comportem. — Olho pra Denis. — Sim, eu estou falando de você.

Ele ergue as mãos em sinal de rendição.

— Eu sou um homem adulto, está bem? Tive meu momento *fanboy* ontem e foi isso.

— Acredita que ele pediu pra ela assinar uma blusa dele? — desabafa Addy.

— Ele ficou mais emocionado do que as crianças quando foram pra Disney — diz meu pai, juntando-se a nós na mesa. — Foi doloroso assistir.

Eu rio, junto com todo mundo.

— Eu posso ter me emocionado um pouco, sim — Denis se defende, enquanto usa uma xícara de café pra esconder o rubor de suas bochechas. — Mas será que esse é único assunto sobre o qual vocês vão falar hoje?

— Tem razão — diz minha mãe. — Vamos deixar ele em paz e falar sobre a Alice, afinal, não é todo dia que recebemos uma visita da nossa caçula.

— Na verdade, nunca estive melhor. Eu tô conseguindo uns trabalhos que pagam muito bem e meus planos envolvem comprar um carro até o final do ano — respondo, rápida e sucinta.

— Um carro, hein? Assim quem sabe você não vem visitar mais vezes — diz minha mãe.

— Não é barato manter um carro — complementa meu pai, num tom bastante conhecido por mim, que indica que ele está prestes a fazer uma crítica que ele pensa ser construtiva, mas é apenas uma crítica e nada mais. *Já tava demorando.* — Requer estabilidade financeira pra manter o tanque de combustível cheio, pagar um seguro e estar com a manutenção em dia.

— Eu tenho estabilidade financeira. E uma reserva de emergência, então não tenho com o que me preocupar.

— E a aposentadoria? Você não está preocupada com isso? Porque você já tem vinte e três anos e...

— E eu tenho um fundo de previdência privada, pai — digo, tentando me manter paciente. — A gente precisa ter essa conversa todas as vezes?

— Seu pai só está se preocupando com você — intervém minha mãe.

— Eu entendo. Mas seria legal saber que vocês confiam em mim para administrar minha própria vida só uma vez. — Amenizo o tom de voz, porque não quero que isso termine em uma discussão. — Sei o que estou fazendo, tudo bem?

Eles não respondem, e eu não sei o quanto isso me deixa aliviada ou desconfortável. De qualquer forma, Lia Steele passa pela porta da cozinha com toda a sua graça antes que eu descubra. Ela está usando saia plissada, um suéter azul-bebê com estampa de gatinhos e *oxfords* claros. Uma péssima escolha no que tange conforto, mas é difícil pensar em qualquer coisa que não ficaria bem nela.

— Bom dia — Lia diz, com um sorriso pequeno nos lábios.

— Bom dia, meu bem. Vem se sentar com a gente — convidou minha mãe, sem pegar leve na bajulação. — Dormiu bem?

Uau. Eu bem que gostaria de ter sido perguntada se dormi bem antes de receber uma chuva de acusações.

— Muito — responde a loira, sentando-se na cadeira de frente para a minha. — Alice é uma ótima colega de quarto. Organizada e silenciosa. — Ela olha pra mim e dá uma piscadela, que faz as maçãs do meu rosto esquentarem. — Preciso agradecer mais uma vez por terem me deixado ficar, eu provavelmente estaria vagando por aí até agora a procura de hospedagem.

— Você é muito bem vinda, Lia. Onde comem sete comem oito — diz meu pai, sendo o poço de simpatia que ele sabe ser quando quer.

— Vocês deviam aproveitar o dia de sol que está fazendo lá fora e dar um passeio pela cidade. Abriu uma confeitaria do lado do The Catherine Wheel que vende uma tartelete de framboesa divina.

— Por mais que eu queira muito andar por esta cidade que eu já conheço de cabo a rabo, eu tenho um trabalho importante pra finalizar. Mas, Lia, não seja tímida. Bibury é um verdadeiro mar de... — *Tédio.* — Coisas maravilhosas pra fazer e conhecer.

Dizendo isso, eu me levanto da mesa acompanhada por uma xícara que transborda café, na intenção de voltar pro quarto e passar as próximas horas terminando meu artigo.

— Alice, você vai deixar sua amiga sozinha? — pergunta minha mãe, antes que eu possa dar um passo. — Onde foi parar a sua educação?

— Lia, fala pra minha mãe que nós não somos amigas — peço, olhando pra loira, enquanto ela beberica café com leite de uma xícara de porcelana.

— Seria legal ter companhia — ela diz. — Não tem muita coisa no Google sobre pontos turísticos de Bibury.

— Addy e Denis podem ir com você, certo? — Olho pra minha irmã e meu cunhado, minha expressão de desespero implora por ajuda.

— Você já viu as ruas daqui? Não tem calçada ou asfalto liso pra andar com um carrinho. Temos um bebê de um ano, o mais longe que vamos é o quintal — diz Addison.

E Denis concorda, por mais que eu possa ver nos olhos dele o quanto ele gostaria de servir de guia turístico pra sua maior ídola.

Preciso me render.

Sei que não vou ganhar essa.

— Está bem — digo, e meus ombros caem. — Mas eu quero estar de volta antes das três da tarde.

Lia engole o café com leite de uma só vez e me segue até a porta da frente. Quando eu a abro, os raios de sol me dizem "olá", fazendo meus olhos se comprimirem.

Vai ser um longo dia.

8
Lia Steele

O lado bom de não pedir conselho na hora de fazer besteira é que nunca vai ter ninguém para te dizer "eu te avisei"

Estamos caminhando há alguns minutos, e cinco pessoas já pararam para falar com Alice. Todos a conhecem, perguntam sobre ela e sobre a família Cooper. Estar num lugar onde a pessoa do meu lado é mais conhecida do que eu é uma experiência nova; uma que estou começando a gostar.

Só queria ter escolhido outras roupas pra ocasião, já que a minha mala foi feita pra um fim de semana em Londres e não pra um vilarejo do período da Pré-Revolução Industrial.

— Pra onde você está me levando? — pergunto à Alice, quando temos um momento de quietude.

— Pro cemitério.

Eu rio, mas ela não.

— Espera, é sério? — Me assombro.

— Uhum. Fica do lado da igreja, que fica em frente a uma praça, então é o lugar perfeito para começar nosso *tour*.

— Bem que você podia ter começado com a parte da praça ou da igreja, né?

— Talvez, mas aí a sua cara não teria sido tão engraçada. — Dessa vez, só ela ri. — Esse sol vai fritar as minhas retinas. Alice ergue o braço na altura do rosto, fazendo sombra nos olhos com a mão. — Eu devia sair mais do meu apartamento.

— Hoje é o seu dia de sorte — digo, depois tiro da minha bolsa meus óculos escuros e estendo pra ela.

— Não. — A morena torce o nariz, enquanto analisa friamente as lentes em formato de coração. — De jeito nenhum.

— É pegar ou largar — provoco, segurando o riso.

— Isso é... — Ela bufa, encaixando a armação no rosto com uma expressão de poucos amigos. — Estou ridícula, com certeza.

— Ficaram bem em você — digo, num tom sacana, sabendo que aquele acessório não combina nem um pouco com as roupas ou com a personalidade dela. — E a melhor parte é que eu duvido que alguém mais vai te reconhecer.

— Você é péssima. — Ela se vira pra mim, depois desliza os óculos um pouquinho pela ponte do nariz e me olha com aqueles olhos verdes e felinos, que me causam arritmia tão facilmente. — Eu deveria te levar pro cemitério e te deixar lá.

— Ah, Alice, se as últimas vinte e quatro horas deveriam ter te ensinado alguma coisa, é que você não pode se livrar de mim assim tão fácil — brinco, mas a frase sai num tom mais sugestivo do que eu queria.

— É. E olha que eu tentei bastante.

— Não acredito em você.

— Hã?

— Se você quisesse mesmo se livrar de mim, teria feito isso em Londres, quando pedi pra ir pro seu apartamento.

— Eu queria o dinheiro. E fiquei com um pouco de pena de você.

— Certo — ironizo. — Desculpa, é que não dá pra te levar a sério com esses óculos.

Caminhamos mais um pouco — só um pouco mesmo —, e fica bastante evidente quando chegamos ao tal cemitério. Além do punhado de lápides espalhadas pelo gramado, a primeira coisa que me chama atenção é uma placa engraçadinha atada a uma muda de roseira, onde está escrito:

"Cães, por favor, não sujem o cemitério."

O senso de humor britânico é refinado, preciso admitir.

Mais à frente está a igreja. Uma construção simples, que possui a mesmíssima arquitetura medieval de toda a cidade, com atalaias e frisos enegrecidos pelo tempo.

Ao chegar mais perto, vejo vitrais coloridos de imagens sacras que precisam de uma limpeza, mas são absolutamente fascinantes e elaborados. Já visitei vários países e conheci uma porção de culturas diferentes devido ao meu trabalho; no entanto, não me lembro da última vez em que pude ser apenas uma turista.

— Nós vínhamos pra cá todos os domingos — diz Alice. — Minha família nem é tão católica assim, mas acho que era o jeito mais fácil de se integrar na comunidade.

— Vai ser clichê o que vou falar agora, mas eu comecei a cantar no coral da igreja. Minha família é toda batista, então foi um choque de realidade quando eu deixei de escrever músicas sobre Jesus e comecei a escrever sobre amor não correspondido.

Alice dá risada.

— Estou mais surpresa com a parte da sua família ser batista, considerando o quão católico o seu nome soa.

— O que tem de católico em *Lia Steele*?

— Não esse. O seu nome de verdade.

Arqueio as sobrancelhas, bastante surpresa.

— Desde quando você sabe o meu nome?

— Eu não estava brincando quando disse que pesquisei sobre você, *Cordhelia Saint Eleanor*.

Uau.

Alice falando meu nome daquele jeito sarcástico, enquanto ergue os óculos escuros e me olha de canto... Apenas... Caramba, acho que perdi a habilidade de falar por um instante.

— Faz tanto tempo que ninguém me chama assim que eu nem me lembro mais quem é essa pessoa.

Dentro da igreja é tudo bem mais simples e pequeno. Paredes brancas se erguem até um teto triangular estufado sustentado por vigas de mogno, castiçais com velas apagadas e um crucifixo adornam o altar da capela.

— Eu já li em algum lugar que pessoas que usam nomes artísticos podem desenvolver outras personalidades.

— Não tenho a menor dúvida. A verdade é que todo artista com vida pública precisa ser outra pessoa se quiser sobreviver no mercado. Um personagem que não sente e não tem opinião própria, principalmente se você for uma mulher.

Me calo quando percebo que estou desabafando. Alice deve estar cansada de me ouvir reclamar sobre os infortúnios da minha vida de celebridade.

— E como ela era?

— Hein?

— Cordhelia. Qual é a maior diferença entre ela e Lia Steele?

Paro de caminhar, pensativa.

— Ela era mais confiante, engraçada, inocente. Não pensava dez vezes antes de dizer o que vinha na cabeça, porque não existia a possibilidade de que isso acabasse nas manchetes dos principais tabloides do país.

Alice não está apenas me ouvindo, ela está me *escutando*. Sei disso porque seus olhos claros estão fixos em mim e suas sobrancelhas estão levemente arqueadas. Como na noite passada, no pequeno momento que tivemos no quarto, ela está tentando me compreender e eu me sinto confortável.

— Ela parece uma pessoa de quem eu ia gostar — diz, aproximando-se para que continuemos o passeio. — Mas você não é tão ruim.

— Por Deus! Vai te matar admitir que gosta de mim?

— Prefiro não arriscar. Vem ver isto aqui.

Ela me puxa pelo pulso e minha cabeça ainda está na sensação de seus dedos contra a minha pele quando paramos diante de um quadro emoldurado com uma lista imensa de nomes. O título indicava que eram todos os homens que se alistaram para lutar na Primeira Guerra Mundial, bem como seus títulos.

Alice correu a ponta do dedo indicador sobre eles, até parar na letra C.

— Meu trisavô e meu tataravô estão nessa lista. Eles foram juntos, com vinte e quarenta anos, por aí.

— Com tantos nomes nessa lista, a cidade deve ter ficado deserta. — Alice ri. — É sério, deve ter quase duzentas pessoas aí.

— Você não é a primeira pessoa que faz essa piada, mas ela nunca perde a graça.

Seguimos, rumo à porta de saída. Do outro lado há mais gramado e mais túmulos. É impossível ler os epitáfios, porque o tempo transformou as inscrições cinzeladas em caminhos e buracos disformes.

— Sabia que antigamente eles enterravam as pessoas perto da igreja porque acreditavam que assim elas ficariam mais perto de Deus? — diz Alice. — Mas é claro que tantos cadáveres no mesmo lugar criariam problemas sanitários sérios, além do mau cheiro.

— Como você sabe disso? Aliás, *por que* você sabe disso?

— Ser *ghostwriter* te transforma numa Wikipédia ambulante de assuntos aleatórios. Eu sei um pouco de tudo, o que me ajuda a me passar por uma pessoa inteligente.

— Mas do que você gosta?

— Como assim?

— Deve ter algum tema que desperta seu interesse mais dos que os outros, certo?

— Sim. Literatura, é claro.

— Já pensou em como seria se você pudesse trabalhar escrevendo só sobre isso?

— É complicado se fechar em um nicho nesse ramo, e pessoas que se interessam por literatura já são inclinadas a escrever seus próprios trabalhos. Não precisam de mim.

— Então talvez você deva escrever o seu.

— Você deu essa volta toda só pra tentar me convencer de que eu deveria fazer algo autoral?

— Talvez. Seria tão ruim assim?

Alice estala a língua e revira os olhos.

— Não é sobre ser ruim ou bom, eu só não tenho essa vaidade de precisar estampar meu nome nas coisas que eu faço.

— *Vaidade?* Nossa. Você quer me dizer alguma coisa?

— Lia, foi você quem passou as últimas horas reclamando sobre ser famosa. Você poderia trabalhar com música nos bastidores, se quisesse.

— O que você está tentando dizer? Que o que eu vivo é culpa minha porque o meu ego é grande demais?

Sinto meu rosto esquentar, o sangue circulando para se concentrar nas extremidades, fazendo minha pele ficar vermelha.

— Eu não disse isso.

— Mas insinuou.

— Olha só, não tem nada de errado em querer receber reconhecimento e aplausos pelo seu trabalho. É perfeitamente humano e faz sentido. Só não é algo que importe pra mim, mas, se importa pra você, está tudo bem.

— E em algum momento passou pela sua cabeça dizer isso de um jeito menos cínico e insensível?

— Ei! — protesta Alice, os braços cruzados e os olhos cerrados. Vai precisar de mais do que isso pra eu retirar o que disse. — Cínica eu posso concordar, mas não sou insensível.

— Bom, estamos juntas há mais de um dia e eu não me lembro de você ter demonstrado o contrário.

— Eu deixei você ficar na minha casa.

— Eu te paguei.

— Certo. Quer saber? Você só tá dizendo isso porque está acostumada com pessoas te bajulando. Logo, qualquer um que te trate como uma pessoa normal é considerada *insensível* por você.

— Você tá mesmo querendo dizer que por eu ser Lia Steele as pessoas não são verdadeiras comigo? — Aumento o tom de voz, porque Alice acabou de tocar num tópico sensível demais pra mim. — Porque se sim, você não faz ideia do que está falando.

— É mesmo? Então me diga, por favor, qual foi a última vez que alguém te disse uma coisa que te desagradou. Na sua cara. Não na internet ou na televisão.

Tento rebater, mas a verdade é que eu não consigo. Sei que isso não prova o ponto dela, mas, ainda assim, me deixa furiosa.

— A única coisa que eu sei é que uma pessoa sensível se preocuparia em medir as palavras por medo de machucar as outras pessoas, coisa que você nunca faz, pelo visto.

— Você só se esqueceu de mencionar que essa outra pessoa é uma estrela mimada que me perseguiu até os confins da Inglaterra sem se importar se eu tenho outros planos ou com a definição de espaço pessoal.

Não sei dizer o que aconteceu, ou o porquê de ter acontecido, mas as palavras de Alice são como um soco; um balde de água fria que despenca na minha cabeça e me deixa sem norte.

Então, marcho pra longe dela. Com todas as coisas que já estão acontecendo na minha vida, não preciso de uma (quase) estranha pra me magoar e desestabilizar o meu emocional que já está ruindo.

Ficar bêbada em um lugar desconhecido estando em uma cidade desconhecida soa como uma ideia péssima até mesmo para mim, a medalhista internacional na modalidade de péssimas ideias. Por isso, quando me sento ao balcão de um bar chamado The Catherine Wheel, peço uma limonada sem açúcar.

O que também não foi uma das minhas ideias mais brilhantes porque, quando a bebida chega, não consigo dar mais do que dois goles sem despejar três sachês de adoçante nela antes.

Estou irritada.

Magoada, pra dizer o mínimo.

Alice não precisava ter dito aquelas coisas. Não daquele jeito.

Com tanto acontecendo ao mesmo tempo, foi um *timing* horroroso pra receber uma enxurrada de sinceridade não requisitada.

Mais uma vez, estou questionando minhas decisões. Me perguntando se ter me escondido dos problemas da vida real numa vila inglesa é mais um sintoma da minha inabilidade de encarar situações de tensão.

Mas é óbvio que sim.

Ao menos posso colocar tudo na conta da minha vida altamente estressante e acabar sendo diagnosticada com a Síndrome de Burnout; ou no fato de ter sido criada por uma mãe superprotetora, que sempre compra todas as minhas brigas.

E, falando nela, faz algum tempo desde que nos falamos pela última vez. Ela prometera me dar espaço pra lidar com a situação do término com Henry do meu jeito e no meu tempo, e eu aprecio esse respeito.

Quem diria que eu acabaria sentindo falta dela metendo o bedelho na minha vida?

Ela nunca deixaria Alice falar comigo daquele jeito, e diria pra eu me manter firme em vez de sair correndo feito um gatinho assustado.

— Tem alguém sentado aqui? — A voz de Alice surge ao meu lado.

E por falar no Diabo...

Quando giro a cabeça pra olhá-la, ela está indicando a cadeira adjacente à minha. Meu óculos está no topo de seus cabelos negros, que emolduram o rosto pálido criando um contraste agradável. Mas essa não é a melhor hora pra pensar nisso, porque estou brava com ela.

Que se dane que ela é bonita.

Balanço os ombros, para dizer que não me importo que ela se sente ali ou a quilômetros de distância.

Tomo mais um gole da minha limonada, cujo gosto melhorou bastante, por sinal.

— Preciso pedir desculpas por ter falado com você daquele jeito. Não foi legal da minha parte — ela diz, enquanto se senta, e eu quase consigo sentir quando as palavras são libertadas a contragosto do fundo de sua garganta.

— E...?

— "E" o quê?

— E o que mais? É só isso que você tem a dizer?

Ela limpa a garganta e se remexe na banqueta.

— Eu fui desnecessariamente cruel.

— E...?

— Não vou fazer isso outra vez. Topei que você ficasse no meu apartamento, depois topei essa viagem e eu deveria saber que acabaria assim. Não seria justo trazer você pra este belo fim de mundo e não ser, pelo menos, uma companhia decente.

A fala dela me faz rir e eu quero amaldiçoar a mim mesma por ser tão fácil de reconquistar. Mas Alice tem o senso de humor ácido e afiado, e seus olhos claros fixos em mim parecem saber derrubar minhas barreiras como ninguém.

— E quanto esse *serviço* vai me custar? — pergunto, arqueando uma das sobrancelhas.

— A gente fala sobre isso quando formos somar a sua dívida pela estadia na casa da minha família. — Rio outra vez, e ela ri junto comigo. — Falando sério: você não precisa me pagar mais nada. Se precisar de mais algum favor é só me pedir, como uma amiga faria.

— Então somos amigas?

— Não precisa ser tão literal, vai. Você entendeu o que eu quis dizer.

Meus ombros caem e faço um biquinho para o tom ranzinza dela, mas aceito a trégua, porque por mais que eu a conheça tão pouco, sei que deve ter custado bastante para Alice vir se desculpar.

— Alice Cooper? — pergunta a moça detrás do balcão, a mesma que me serviu essa limonada hedionda.

Alice estica os olhos ao olhá-la, metade surpresa e metade confusa.

— Gina! — exclama a morena. — Gina Spencer. Caramba, eu não sabia que você trabalhava aqui.

Ela se levanta e contorna o bar para abraçar a ruiva de olhos castanhos e braços torneados que tem um sorriso branco e enorme nos lábios.

— Só estou ajudando minha avó nos fins de semana enquanto ela não consegue alguém pra substituir o antigo bartender. Mas, poxa, faz alguns anos desde a última vez que nos vimos, não é? Como está Londres?

Talvez isso explique a limonada, penso.

— Agitada e chuvosa, como sempre — Alice responde, agora a alguns passos de distância da moça. — E você, como está?

— Estou ótima, na medida do possível. Eu estava na Austrália fazendo intercâmbio e estagiando em uma galeria enorme, mas resolvi voltar. A velha Catherine não é mais a mesma e precisa de mim aqui.

— Sua avó é uma das mulheres mais incríveis que eu já conheci. Espero que ela fique bem.

— Ela vai ficar. Eu digo que você passou aqui e mandou um "oi". A propósito, acho que estamos sendo mal-educadas.

Gina olha diretamente para mim, e eu estou com o cotovelo sobre o balcão para segurar meu queixo enquanto assisto à conversa das duas, meio incomodada por ter sido excluída.

— Ah! Mas é claro. Lia, essa é a Gina, minha ex-namorada e a pessoa que fez eu me apaixonar por Literatura — diz Alice. — A avó dela é dona deste bar, nós crescemos juntas.

Ex-namorada.

Era perceptível um tipo clássico de constrangimento naquela interação: aquele que só existe entre duas pessoas que já se envolveram romanticamente e depois têm que agir como se mal se conhecessem. Se tem uma pessoa que entende como essas coisas são, essa pessoa sou eu.

— Oi, Lia. — Gina dá um passo à frente e estende a mão para me cumprimentar. — Você me parece familiar.

— Eu tenho um rosto comum — digo, prestes a suar frio com a possibilidade de ela me reconhecer.

— Isso não é verdade, você é absolutamente linda. Como dá pra notar, a Alice sempre teve bom gosto para mulheres.

Gina sorri para mim, e estou tão tensa que demora para eu entender o que ela quis dizer com "a Alice sempre teve bom gosto para mulheres". Mas, quando entendo, minhas bochechas queimam na mesma hora.

— Na verdade, nós n...

— Isso é a mais pura verdade. — Antes que eu possa esclarecer o mal-entendido, uma Alice sorridente joga o braço sobre os meus ombros e me enlaça, pressionando meu corpo contra o dela. — Eu tenho bom gosto.

Meus olhos buscam os dela para que eu tente entender se entendi certo o que está acontecendo, e o olhar breve que ela me dá está carregado de desespero, o que confirma a minha teoria: Alice está me usando para fingir para a ex-namorada que ela namora.

Comigo.

9
Alice Cooper

Ideia de date: eu te levo para passear na minha cidade e te peço para fingir que namora comigo só pra provocar a minha ex

Gina Spencer está claramente impressionada com Lia Steele, o que significa que meu plano funcionou. Depois do que aconteceu entre a gente, eu preferia morrer a deixar ela saber que estou solteira e que meu único relacionamento depois dela foi um fracasso.

— A gente se conheceu num Starbucks — digo, inventando a primeira mentira que aparece na minha cabeça. — Eu vi essa mulher lindíssima na fila, e pedi pro atendente anotar meu número de telefone no pedido dela.

— Isso é tão romântico que nem parece você. As pessoas realmente mudam — Gina diz, e eu quero muito revirar os olhos bem forte, mas me controlo. É impossível não notar a irreverência em seu tom. — Mas e aí, o que aconteceu depois?

— Depois ela me mandou uma mensagem, a gente marcou um encontro e aqui estamos.

— Ai, Alice, para uma garota formada em Literatura, você é péssima contando histórias. — Ela e Lia riem às minhas custas. — Conta você, Lia.

Meus olhos encontram os da loira no mesmo instante, e imploram para que ela entre na onda. Nunca tirei meu braço dos ombros dela, o que me ajuda a passar a mensagem porque a trago mais pra perto, aumentando o contato entre nossos corpos.

Nesse meio-tempo, constato que Lia Steele aparentemente é a mulher mais cheirosa e aconchegante que já pisou na Terra.

— Bom, achei muito fofo o lance do telefone, mas eu estava em Londres a trabalho, então pensei *muito* antes de mandar mensagem — Lia diz, saindo-se maravilhosamente bem no papel de namorada falsa. — Só que, *por incrível que pareça*, sou a mais romântica de nós duas e pensei: por que não? — O tom irônico foi meio desnecessário, mas tudo bem.

— Então, antes de eu voltar para a América, nós saímos para jantar e a noite foi perfeita. Eu sabia que precisava pedir ela em namoro logo.

— Espera aí, então vocês namoram a distância? — pergunta Gina. — Há quanto tempo?

— Mais ou menos. A Lia vem pra cá o tempo todo por causa do trabalho e às vezes eu vou visitar. Vamos fazer dois anos juntas em dezembro, não é, *amor*?

O apelido custou a sair e soou tão natural quanto um *cheeseburguer*, coisa que espero que Gina não tenha percebido. Talvez eu não devesse ter ido tão longe, por mais que assistir Lia ficar muda e suas bochechas corarem tenha sido impagável.

— Dois anos. *Uau*. Já tem tudo isso? — ela brinca, dispersando a própria tensão. — Eu nem vi o tempo passar.

— Essas coisas acontecem quando se está apaixonada — digo, com um sorrisinho a se formar em meus lábios.

— Dois anos? E só agora você trouxe ela pra conhecer seus pais? Isso, sim, parece você.

— O quê? Não, não... Nada disso. A Lia conhece meus pais há um tempão, nós passamos nosso primeiro Natal juntas na casa da Addy. Mas é a primeira vez dela em Bibury, então estamos fazendo um *tour* completo. — Eu ergo o braço na altura do colo e finjo olhar a hora em meu relógio de pulso. — Inclusive, temos que continuar antes que fique muito tarde. Mas foi bom rever você, Ginny.

— Igualmente, Cooper. Diz pros seus pais que eu mandei um abraço.

— Direi.

Chega a hora em que eu me desvencilho de Lia, apenas para oferecer minha mão para que a gente saia dali como o casal apaixonado que eu espero muito ter convencido Gina que nós somos. A loira aceita a gentileza, por mais que, com os olhos, ela esteja me chamando de dissimulada em umas trinta línguas diferentes.

— A gente vai falar sobre isso? — Lia pergunta, assim que deixamos The Catherine Wheel.

Desatamos as mãos e tornamos a caminhar. Me dou o direito de ficar em silêncio por uns alguns instantes, pensando em como me explicar. Mas não há razão neste mundo que possa tornar aquela situação menos degradante.

— Bem que eu queria que a gente não falasse, mas acho que te devo essa.

— Você *acha*?

— Vem comigo primeiro, preciso espairecer.

Num desses meus trabalhos para revistas aleatórias, acabei descobrindo sobre como o barulho de água age como um calmante para a nossa mente. Há quem defenda que o ruído nos remete ao que escutamos no útero, onde tudo era quentinho, escuro e seguro. Não sei se é verdade, mas o fato é que a constância sonora abafa os barulhos ao nosso redor e, arrisco dizer, um pouco dos nossos pensamentos.

Isso explica por que, na minha época de adolescente, sempre que tinha um problema ou me frustrava, eu vinha para esta clareira perto do rio Coln para me acalmar e refletir um pouco. As raízes cobertas por líquens de um salgueiro servem de assento no meio da relva baixa, bucólico como numa pintura arcadista.

É bom voltar e encontrar ele ali.

— Este lugar fazia parte do tour? — pergunta Lia, sentando-se ao meu lado dentre as folhagens que pendem da árvore.

— Não.

— É pra cá que você trazia todas as garotas que você selecionava com o seu *bom gosto*?

Acabo rindo.

— Não. — Recosto-me no tronco e assisto, de longe, a água do rio cintilar com a luz do sol, depois inspiro o ar gelado e isso faz maravilhas para minha sanidade mental. — A Gina só estava querendo ser engraçadinha.

— Posso assumir que o término de vocês não foi muito amigável?

— Eu fiz uma burrice.

— Nossa. Tô chocada.

Cerro meus olhos para ela, ofendida.

— Posso continuar? — Ela faz que sim, franzindo os lábios para reprimir um sorriso. — A gente era adolescente, as duas únicas lésbicas da cidade que tínhamos notícia e a Gina estava apaixonada por mim.

— Deixa eu adivinhar: você não estava apaixonada por ela?

— Pensei que eu pudesse me convencer a gostar dela de um jeito romântico. Era a história de amor perfeita, sabe? Amigas de infância numa cidadezinha do interior, que têm tudo em comum uma com a outra. Qual a chance de dar errado?

— Olha só você, toda entendida sobre romance — Lia faz piada.

— Eu assisto filmes — argumento. — Mas enfim, é óbvio que não funcionou. Eu não conseguia retribuir o que ela me dava. O carinho, o ciúmes, o sexo... era tudo um desastre. Só que quando eu me apaixonei de verdade por outra pessoa, a discrepância entre os sentimentos foi tão grande que decidi terminar. Ela quis saber o motivo, então eu contei.

— Não.

— Sim.

— Caramba.

— Qualquer coisa que eu dissesse ia acabar deixando ela magoada, então fui sincera. Aí ela chorou horrores e disse que esperava que eu ficasse sozinha pra sempre.

— Que babaca!

— Eu não guardo mágoa, nós éramos jovens e imaturas. Mas o fato é que todos os meus relacionamentos depois, ou tentativas de me relacionar com alguém, fracassaram miseravelmente. Isso faz eu me perguntar se ela não me rogou uma praga ou sei lá. Por isso não desmenti quando ela pensou que você era minha namorada.

Lia gargalha.

— Tudo bem, isso explica muita coisa. — Sinto uma leve pressão sobre meu ombro. A loira está me tocando de um jeito carinhoso, deslizando o polegar sobre o tecido da minha blusa.

— Mas você não tem que provar nada pra ela.

— Sei disso, mas depois do que aconteceu com a minha ex, isso meio que se tornou um tópico sensível. — Levanto-me, depois caminho em direção ao rio em passos lentos. — Obrigada por ter mentido por mim — digo, virando-me para ela e tornando a caminhar rumo à margem depois.

Em poucos instantes, ouço os passos de Lia craquelando a grama seca logo atrás de mim. Ela não diz nada, só para ao meu lado e me assiste tirar os sapatos para molhar os pés no rio. A temperatura gelada causa um leve choque, um arrepio que percorre meu corpo inteiro, mas é bom. A água cobre meus tornozelos e há cascalho no fundo, massageando minhas solas.

— O que você está fazendo? — pergunta Lia.
— Molhando os pés.
— Está frio.
— Está.

Sinto seu olhar intrigado, analisando-me de cima a baixo enquanto ela provavelmente se pergunta se eu enlouqueci. Mas uma das coisas que estou aprendendo a gostar sobre essa garota é que, ao contrário de mim, ela é do tipo que prefere te *entender* em vez de te julgar.

Por isso, não me surpreendo nem um pouco quando ela tira seus *oxfords*, suas meias e se junta a mim com os pés na água.

— Puta merda, isto aqui tá congelando.

Não consigo não gargalhar da reação dela.

— Estou sonhando ou Lia Steele acabou de falar um palavrão?
— Eu falo palavrão.
— Só se for quando você não está conversando como uma candidata ao Miss Universo.
— Ei! — Ela chuta um pouco de água gelada nas minhas pernas e dou um gritinho. — Eu não falo como uma Miss coisa nenhuma.

É claro que eu revido ao jogar água nela também e isso aos poucos se transforma numa guerra gelada à medida que tentamos fugir dos ataques uma da outra e nos afastamos da margem, indo até a parte mais funda do rio, onde a água alcança pouco acima dos nossos joelhos.

Entre risadas e respingos voando para todos os lados, nós acabamos ensopadas.

— Estamos parecendo duas crianças — diz Lia, arfante.

— Você começou.

— Não é tão ruim depois que a gente se acostuma. — Lia mergulha a ponta dos dedos no rio, brincando com a água.

— Espera só até a gente precisar se secar — digo, caminhando até a beira para sair dali.

O vento que sopra dentre as árvores é rápido em fazer com que eu me arrependa imediatamente de ter me molhado e arrepia cada centímetro da minha pele. Quando olho para Lia Steele, ela tem os braços ao redor do próprio corpo e os lábios arroxeados.

— Vem aqui — peço, já em terra firme com a mão estendida para ela.

A loira pega minha mão e caminha para fora do rio Coln com minha ajuda. Assim que se aproxima, subo as mãos até seus braços e esfrego-as para gerar calor. Os olhos azuis me fitam sob os cílios loiros e é como se eu pudesse ler seus pensamentos.

Não que eu precise, porque ela logo os verbaliza:

— Você está fazendo um péssimo trabalho em fingir que não gosta de mim.

— E você está fazendo um trabalho pior ainda em não me fazer mudar de ideia sobre isso.

Lia dá um passo à frente, me pegando desprevenida ao reduzir a distância entre nós duas. Ainda estou segurando-a entre minhas mãos, mas paralisada feito uma gazela diante dos faróis de um carro.

— Mesmo você me achando — Ela limpa a garganta e esboça um sorriso sacana. — *lindíssima*?

— Eu sabia que você não ia deixar isso passar. — Reviro os olhos. — Grande coisa, Lia Steele, qualquer ser vivo com o dom da visão te acharia linda.

Como achei que aconteceria, as bochechas de Lia ficam rosadas em questão de segundos. Eu umedeço meus lábios, reprimindo um sorriso sem quebrar o contato visual. Gosto que ela seja tão fácil de ler, e gosto ainda mais de ter esse efeito sobre a sua pessoa.

— Para com isso — ela pede, ao desviar o olhar para outro lado.

— Isso o quê?

— Você sabe muito bem. Me elogia e depois me olha desse jeito.

— Eu não estou fazendo nada. — Ergo as mãos em sinal de rendição, ainda que meus olhos estejam fixos em seus lábios. — Você é impossível de agradar.

Caminho para perto do salgueiro outra vez para me acomodar entre suas raízes até que eu me seque. Lia se junta a mim em seguida, e os cabelos parcialmente molhados grudando em seu rosto corado são a desordem mais bonita que eu já vi.

— Acho que o nosso passeio acabou aqui — ela diz, olhando para si mesma e para mim.

— Nada disso. Ainda faltam duas paradas, espera só a gente se secar.

⋆✦⋆

Depois de secas e apresentáveis, levei Lia até a confeitaria que minha mãe sugerira mais cedo para experimentarmos as tais tarteletes de framboesa. Elas eram divinas, de fato, mas a melhor parte foi assistir Lia dar uma mordida numa delas e acabar com a boca escorrendo geleia.

Me surpreendi ao descobrir que seus cabelos são na verdade ondulados, quando ela os deixa secar naturalmente. E é claro que isso a deixa ainda mais estonteante.

— Pra quem não queria nem sair de casa, você até que parece estar se divertindo — comenta ela, assim que paramos diante da fachada da Present Time.

— Eu não posso terminar o nosso *tour* sem antes te levar na melhor loja de presentes de toda a cidade. E quer saber por que ela é a melhor?

— Porque ela é a única que existe? — Ela rola os olhos e leva uma das mãos ao quadril. — Você fez a mesma piada sobre a confeitaria.

— Dá um desconto, poxa. Estamos juntas o dia todo, meu repertório de piadas de cidade pequena não é infinito.

— Nós vamos entrar?

— Mas é claro. — Abro a porta para ela entrar, e o velho sino soa. — Primeiro as estrelas do pop — digo, com um sorrisinho nos lábios.

Do lado de dentro, está tocando jazz num rádio portátil, tudo cheira a velas aromáticas de sândalo e coisas velhas. Há uma infinidade de caixinhas, prataria, espelhos, miniaturas, porcelanas, cartões-postais, chaveiros e até camisetas com os dizeres "Eu amo Bibury". Nenhuma dessas coisas segue uma ordem de organização específica, é tudo uma grande bagunça, como na última vez em que estive aqui.

O rapaz do caixa parece surpreso com a nossa chegada. Ele se apruma na cadeira e deixa o livro que está lendo de lado.

Um livro físico, imenso, de páginas amareladas.

O tipo de coisa que só se vê em Bibury.

— Eu poderia escrever uma música sobre este lugar — Lia diz, enquanto meus olhos passeiam pelas prateleiras.

— E o que você escreveria?

— Eu a chamaria de The Old Gift Shop, e faria uma alusão aos sentimentos que ficam parados no tempo, aguardando o momento em que serão dedicados à pessoa certa. Nem todo presente é pra todo mundo, assim como alguns sentimentos, mas quando demoramos muito, eles podem ficar obsoletos.

— *Nah*. Sempre tem alguém que ama coisa velha — digo, fazendo-a rir.

— Já percebeu que todas as vezes que as nossas conversas vão pra um lado mais sentimental você escapa delas com alguma piadinha?

— Claro que já. É proposital. — Ainda passeando pelas prateleiras com os olhos, encontro uma raposa de porcelana que ficaria perfeita no móvel da sala de Clara. — Acho que sou melhor demonstrando sentimentos do que falando sobre, sabe? E isso pode ser um problema pra algumas pessoas.

— Sua ex tinha esse problema? — a loira pergunta, enquanto folheia entre os cartões-postais.

— Não que nós tenhamos, você sabe, *conversado* sobre isso. Mas acho que sim. Ela era a pessoa que se declarava, postava fotos nossas com legendas piegas no Instagram, e eu... — Suspiro, alto o suficiente para que Lia me escute do outro lado do espaço. — Eu tinha outras maneiras de dizer que gostava dela, tipo cozinhar o jantar, revisar os e-mails de trabalho que ela mandava ou arrumar o apartamento dela, mesmo que o meu estivesse uma zona. Quando acabou, questionei meus próprios sentimentos, mesmo sabendo que eu adorava todo o pouco tempo que passávamos juntas.

— Existe um nome pra isso, sabia? — Nossos olhos se encontram dentre a infinidade de bugigangas que nos separa. — São as linguagens do amor, que nada mais é do que um entendimento de que as pessoas demonstram e recebem afeto de formas diferentes. Quando as linguagens do amor de um casal não são compatíveis, pode ser um problema.

— Quer saber? Até que essa baboseira faz sentido. — Caminhamos até o caixa. Eu decido comprar a raposa de porcelana e um chaveiro, já Lia compra três cartões-postais e um porta-joias em formato de peixe. — Apesar de eu duvidar que tenha alguma comprovação científica.

— Sabe o que tem comprovação científica? — ela pergunta, enquanto caminhamos pra fora da loja.

— Hm?

— Que ser simpática com as pessoas e saber viver em comunidade é uma vantagem evolutiva, mas eu não vejo você fazendo nenhuma dessas coisas, então não pensei que se importasse com a ciência.

— Você me pegou. — Enfio a mão na pequena sacola de presentes que o lojista me deu e tiro de lá o chaveiro que acabei de comprar. Então, estendo-o para Lia. — Mas acho que isto vai mudar sua opinião.

O chaveiro de metal tem formato de coração com uma foto da cidade dentro dele e, atrás, está escrito "Me lembrei de você em Bibury".

— Obrigada — ela diz, sem tirar os olhos do objeto. — Vou colocar junto com as chaves do meu apartamento em Nova Iorque, pra nunca me esquecer de pensar duas vezes antes de embarcar em uma viagem pros confins do Reino Unido com uma garota mal-humorada.

Eu rio.

— E assim você fará a todas nós um grande favor.

Recebo o dedo médio como resposta.

— Vamos lá, tem que admitir: não foi tão ruim assim. Você se divertiu hoje e sei disso.

— Está bem. Aqui vai... — Limpo a garganta pra fazer uma cena, mas assumo: — Não foi tão ruim passear com você. Pelo menos não tão ruim quanto eu pensei que seria.

— Eu sabia! — a loira comemora, depois me dá uma trombadinha de ombro.

— A propósito, é hora de voltar pra casa. Só uma de nós é uma cantora milionária, a outra ainda tem prazos e depende de cumprir eles para pagar as contas.

— Está bem. Foi bom enquanto durou.

Sinto algo quente envolvendo a minha mão, e me espanto ao perceber que é Lia a segurando. Apesar de inesperada, a sensação é boa.

10
Lia Steele

Bissexuais estão há 0 dias sem ter paz, nosso recorde é de 0 dias

Passa um pouco das três da tarde quando Alice e eu retornarmos à residência da família Cooper, depois do melhor dia que tive em muito tempo. Estou exausta, mas exibindo um pequeno sorriso que não quer deixar meus lábios tão cedo.

Nunca duvidei de que Alice pudesse ser uma companhia excelente se quisesse, e eu estava certa. Em alguns momentos, ela pareceu estar se divertindo mais do que eu, se é que isso é possível. E, por mais que eu esteja tentando muito manter o pés no chão, é difícil não enxergar que existe algo entre nós.

Talvez seja só a minha cabeça confusa com tudo que vem acontecendo, o fato de ela ser atraente, charmosa e inteligente, ou apenas o clima de conto de fadas desta bendita cidade; mas posso jurar que tivemos *momentos*. Momentos nos quais somente as incertezas e a ciência de que isso poderia acabar em uma catástrofe nos impediram de dar um passo à frente.

Ou isso, ou eu sou a mulher mais iludida da América e da Europa inteiras. É meio constrangedor não poder descartar essa possibilidade.

Eu poderia morar em Bibury. Isto é, se construísse uma casa com a segurança necessária para conter jornalistas, paparazzis e os fãs que viriam para cá em massa assim que a notícia se espalhasse. Não.

Eu arruinaria a paz das pessoas da cidade pra sempre e isso não é justo. Mas ao menos agora eu sei que este lugar existe, e eu sempre posso fugir pra cá quando as coisas estiverem pesadas demais. Nem que seja para dormir num estábulo.

— Ei, meninas. Como foi o passeio? — pergunta Lucy Cooper, assim que entramos na cozinha.

Ela está sentada à mesa com um livro de palavras-cruzadas aberto e uma caneta esferográfica.

— Não foi tão ruim — responde Alice, enquanto abre a geladeira para pegar uma garrafa com água.

— Lia, o que aconteceu com seu cabelo? — pergunta Lucy.

Leva um tempo para eu entender que ela está perguntando isso porque eu saí daqui mais cedo com o cabelo liso, e agora os fios caem em ondas pelos meus ombros. Do outro lado do cômodo, Alice me olha com os lábios franzidos por reprimir uma risada, ansiosa para saber se vou mesmo contar para a senhora Cooper que eu e a filha dela nos enfiamos num rio e fizemos uma guerrinha de água feito duas crianças.

— O ar aqui é meio úmido, né? — disfarço, balançando os ombros e sentando-me à mesa junto da matriarca. — A propósito, a confeitaria que você mencionou mais cedo é mesmo maravilhosa.

Minha tentativa desesperada de mudar de assunto não passa desapercebida por Alice, que murmura a palavra *"sutil"* pra mim. Ela nunca deixa nada passar.

— Isso é verdade. Antes de comprarmos uma secadora, minhas roupas demoravam horas para secar no varal — diz Lucy.

— Eu adoraria ficar aqui discutindo sobre o clima de Bibury com vocês, mas preciso tomar um banho e trabalhar — informa Alice, ansiosa para sumir de vista.

— Tudo bem. Eu logo vou subir e tomar um também — digo.

A morena deixa a cozinha em instantes e, logo em seguida, sua irmã surge do corredor com um bebê gorducho nos braços. Eu aceno para ele, que sorri com todos seus impressionantes seis incisivos.

Amo bebês, apesar de saber que as chances de eu ter um dia são baixíssimas.

— Ei, Lia — chama Addison. — Pelo jeito você sobreviveu à minha irmã e seu mau humor. Parabéns.

— Ela se comportou — asseguro, entre risos. — Por incrível que pareça.

A filha mais velha dos Cooper coloca o bebê sobre a mesa e senta-se ao meu lado. Ela é bonita como Alice, apesar de claramente ser a irmã que saiu mais ao pai do que à mãe. Seus cabelos são curtos na altura do ombro e mais claros, no entanto.

— Pelo menos agora que ela não está aqui a gente não precisa fingir que não estamos morrendo de curiosidade de te perguntar da sua vida de superestrela — diz ela, e eu rio.

— Addison! — Lucy a repreende, lançando um olhar fuzilante para a filha.

— O quê? Sou uma mulher casada com dois filhos e um trabalho em tempo integral. A última coisa interessante que eu fiz foi contar quantos clipes de papel tinham no raio-X do estômago de um paciente.

— Meu Deus! Por que ele estava engolindo clipes de papel?

— Isso é com meus colegas da psiquiatria e não comigo, mas tenho quase certeza de que ele estava em um quadro de psicose bem grave. — É cômico assisti-la falar dessas coisas enquanto brinca com o nariz do bebê. — Enfim, agora me conta tudo. Fofocas, histórias de fãs malucos, rixas dos bastidores e o que tiver de mais escandaloso.

Antes que eu possa entreter Addison com algumas das histórias mais surreais da indústria da música, o esposo dela, a filha do casal e o senhor Cooper entram na cozinha. O último está carregando uma caixa térmica, emanado um cheiro que só pode ser uma coisa:

— Mamãe, eu pesquei uma truta deste tamanho. — A garotinha ergue as mãos no ar com um espaço de, pelo menos, 50 centímetros entre elas.

— Isso é ótimo, meu amor. Seu pai pode assar ela pra gente no jantar esta noite!

— Na verdade, eu e seu pai estávamos pensando em sair da cidade para jantar mais tarde, o que vocês acham? — Denis, meu grande fã, pergunta a todos presentes, mas eu prefiro me abster da resposta.

— Meu bem, você sabe que o Peter precisa estar dormindo às oito e a Maggie não gosta da comida de nenhum restaurante que não seja o Burger King.

— Sua irmã pode ficar com eles. Ia ser tipo uma noite de casais.

— Alice? Rá. Eu não confiaria nela para tomar conta de um hamster.

— Eu posso ajudar — entro na conversa. Denis, Addison, Lucy e o senhor Cooper olham para mim com os mesmíssimos olhares descrentes e eu me encolho um pouco. — Se estiver tudo bem por vocês, é claro.

— Você entende alguma coisa sobre crianças? — pergunta Lucy Cooper, sem esconder o quanto se preocupa com a integridade física dos netos.

— Não tem nenhuma na minha família, mas eu ajudava a cuidar das crianças da nossa congregação quando era mais nova.

— Estão vendo? Além de talentosa, Lia Steele é um anjo — elogia Denis, e eu dou uma risada baixa. — Vamos, Addy, você não pode tirar dos nossos filhos a chance de dizer que eles já tiveram a maior estrela do pop da atualidade como babá.

Mais uma vez, sinto que Addison quer enfiar a cabeça num buraco, ou empurrar o marido em um. O rosto dela fica vermelho, mas ela acaba rindo entre um revirar de olhos e dando um tapinha nas costas de Denis.

— Pode ser. Mas nós vamos ter uma conversa séria antes — ela diz a última parte virada para mim. — E *você* vai contar pra Alice.

✦

Era de se presumir que Alice não fosse ficar muito feliz com a ideia de ficar com os sobrinhos por uma noite, por isso Addison incumbiu a mim a tarefa de contar pra ela.

Mesmo conhecendo-a tão pouco, eu soube esperar algumas horas depois do fim do nosso passeio para dar a notícia — um momento em que ela estivesse mais relaxada e, possivelmente, de bem com a vida.

Nesse meio-tempo, tomei um banho longo, depois entrei no quarto para me sentar sobre a cama e passar pela autopenitencia de fuçar as redes sociais de Henry para ver se ele já deletou as fotos comigo e quem sabe arriscar ler algumas manchetes?

Sei que, sem nenhuma fonte oficial para confirmar as suposições da mídia e dos fãs, os tabloides e páginas de fofoca estão se alimentando de rumores tendenciosos e não há nada que posso ser feito quanto isso. Mas minha curiosidade fala mais alto, sempre.

"*É o fim? Confira tudo que sabemos até agora sobre o suposto término de Lia Steele e Henry Bradford.*"

"*Lia Steele e Henry Bradford: astro de cinema entra para a longa lista de ex-namorados da queridinha da América.*"

"*A fila anda: fãs de Lia Steele elegem três possíveis futuros interesses românticos que podem estar no radar para a estrela do pop.*"

Não resisto a clicar nessa última matéria, apenas para descobrir que alguém reuniu três de alguns dos homens mais ricos e famosos da atualidade para especular sobre um relacionamento romântico entre mim e eles.

O primeiro é um piloto de Fórmula 1 bastante prestigiado, por quem eu definitivamente me interessaria se não fosse tão velho. O segundo é um ator que ficou famoso por fazer filmes da Marvel, que é bem bonito e meu tipo, mas é ex de uma grande amiga minha, o que imediatamente o exclui da lista. E o terceiro é um jogador de futebol americano do tamanho de um armário que, apesar de bonito, não tem nem um pingo daquela energia feminina que nós, mulheres bissexuais, procuramos em todos os caras.

E, falando sobre isso, apesar de essa lista ser de um mau gosto ímpar, me incomoda que não tenha nenhuma mulher nela.

É de se esperar, é claro. Eu componho e canto músicas sobre homens, meus únicos namoros "públicos" foram com homens e, apesar de uma parcela do fandom ter fortes convicções sobre a minha bissexualidade, a sociedade sempre assume que todos são heteros até que se prove o contrário.

— Nossa, você parece deprimida — diz Alice, ao entrar no quarto.

Um vinco se forma entre as minhas sobrancelhas.

— Eu não estou deprimida. — *Não ainda*, completo mentalmente. — Só... tentei me manter longe das redes sociais nesses últimos dois dias. Pra deixar a poeira abaixar, sabe? Mas, como a viciada em autopunição que sou, li alguns comentários sobre o que aconteceu na quinta-feira.

— E...?

— Ainda estão falando sobre isso. Muito. Algumas pessoas estão ficando do meu lado, e concordam que não tem nada mais terrível do que um pedido de casamento em público. Outras acham que eu deveria ter dito "sim" e terminado com ele quando estivéssemos a sós. Já outras disseram que eu vou morrer sozinha por ter rejeitado um partidão daqueles.

— Eu faço parte da primeira parcela, se você quer saber.

— Sei disso. Essa é uma das razões pelas quais eu sei que posso confiar em você.

— Não sou nenhuma especialista em celebridades ou redes sociais, mas tenho quase certeza de que amanhã ou depois alguma outra pessoa famosa vai terminar o relacionamento, ou comprar alguma coisa absurdamente cara, ou se meter em uma briga de bar, e as pessoas vão esquecer disso rapidinho.

Balanço a cabeça, concordando.

— Eu só queria que fosse só pela minha música que as pessoas se interessassem. É claro que eu coloco um monte da minha vida pessoal nelas, mas todo artista faz isso de certa forma.

— Acho que algumas coisas estão muito além do nosso controle, e não vale a pena perder o sono por causa delas. As pessoas vão falar, e não tem nada que você possa fazer sobre isso, então... Sei lá. Relaxa.

Eu rio.

— Falando assim parece simples... Apesar que eu conheço pessoas que estão nesse meio há muito mais tempo do que eu e todas dizem algo parecido, então talvez seja mesmo simples.

— Certo, me dá isso. — Ela se aproxima da cama, toma o celular das minhas mãos e joga o aparelho em cima da minha mala do outro lado do quarto. — Viu? Agora é só arranjar outra coisa pra fazer.

— Falando nisso, eu meio que arranjei uma coisa pra gente fazer mais tarde.

— Mesmo? O que é? Se eu já tiver terminado meu trabalho até lá, talvez tope.

— Sua família quer sair pra jantar mais tarde e eu disse que a gente podia ficar com seus sobrinhos.

Alice arregala os olhos para mim, sua expressão imediatamente fica séria.

— Você ficou maluca? Eu não sei cuidar de crianças.

— Relaxa, eu te ajudo. Vai ser só por algumas horas.

— Muita coisa pode acontecer em algumas horas. Acidentes, tornados, massacres, incêndios...

— Alice...

— Ataques cardíacos, enchentes, explosões, terremotos, desastres nucleares, erupções vulcânicas...

— Existem vulcões no Reino Unido?

— Pelo menos uns dez.

— Tá. Mas nada disso vai acontecer, está bem? Somos duas adultas responsáveis, e eles são seus sobrinhos. Não vai te matar passar algum tempo com eles.

— Uau. Minha irmã instalou uma mensagem gravada em você? Falou igualzinho a ela agora.

Eu rio.

— Se não quiser fazer isso, tudo bem. Mas *você* vai falar com ela.

— Você é diabólica, Lia Steele, e sabe muito bem disso.

⁎⁎⁎

Por mais que eu conheça Alice muito pouco, sei que ela nunca falaria para a irmã que não estava disposta a cuidar dos filhos dela por uma noite. Talvez não tenha sido legal da minha parte usar as questões familiares dela como chantagem, mas, além de seu mau humor usual, ela não pareceu se chatear.

Às oito — quando os Cooper deixaram a casa após a longa conversa que Addison teve comigo e com Alice sobre como cuidar das crianças nos mínimos detalhes —, eu e minha dupla ficamos oficialmente sozinhas com um bebê adormecido no andar de cima e uma garotinha com olhos fixos na televisão.

— Vamos dividir as tarefas — sugere Alice. — Eu cuido do Peter e você da Maggie.

— Boa tentativa. Ele está dormindo.

— E ela está assistindo "Miraculous Ladybug". É como se estivesse sob hipnose, só precisa ficar quieta o suficiente para não quebrar o transe.

— Pensei que íamos fazer isso juntas — resmungo.

Alice dá dois tapinhas no meu ombro e se levanta.

— Estamos fazendo isso juntas, por mais que você não tenha se importado em me incluir na decisão. Agora vou lá pra cima, porque preciso trabalhar, e é melhor ficar por perto caso o bebê acorde. Qualquer coisa é só chamar.

Eu bufo, assistindo-a subir as escadas.

Não tenho outra escolha se não me sentar ao lado de Maggie no sofá e assistir "Miraculous Ladybug" com ela. O que até poderia ser divertido, se eu entendesse alguma coisa daquele desenho.

Alguns minutos mais tarde, a sobrinha de Alice se cansa de assistir televisão e decide se entreter com outra coisa: eu.

E maquiagem.

Por algum motivo, Maggie tem uma maleta equipada com uma variedade preocupante de maquiagens infantis, e ela não hesita em usar cada uma delas no meu rosto assim que dou permissão. Ao menos, o gloss que ela passa nos meus lábios tem sabor de amoras silvestres.

Ainda que a garotinha pareça estar vivendo o momento da vida dela enquanto salpica glitter sobre minhas pálpebras, um choro de bebê se torna audível por toda a sala graças à babá eletrônica, que Alice esqueceu de levar com ela pro quarto.

— Ei, Maggie, espera só um pouquinho enquanto eu levo isto pra sua tia, está bem? — digo, segurando o dispositivo em minhas mãos.

Ela faz um biquinho desapontado, mas concorda, e eu subo as escadas com certa pressa. Alice, no entanto, já está no quarto com Peter nos braços, o que não faz com que ele chore menos.

— Tá tudo bem por aqui? — pergunto, me esgueirando para dentro.

A morena se vira, e eu não sei dizer se a expressão de pânico em seu rosto se deve ao excesso de sombra roxa no entorno dos meus olhos ou é por causa do bebê.

— O que aconteceu com você? — pergunta.

— Maggie quis brincar de salão de beleza. Você precisa de ajuda? — Aponto para a criança inconsolável nos braços dela.

— Não. Eu dou conta.

— Tem certeza?

— Posso cuidar do meu sobrinho.

— Está bem.

Balanço os ombros, nem um pouco disposta a discordar dela. Fecho a porta e torno a descer as escadas, apenas para descobrir que Maggie transformou o sofá dos Cooper em uma verdadeira pintura abstrata. Batons e sombra sobre tela. Ou melhor: sobre couro.

11
Alice Cooper

Não acredito em signos, mas já pesquisei no Google se Mercúrio estava retrógrado para justificar as minhas ações

É óbvio que preciso de ajuda. Qualquer um notaria que não tenho o menor jeito com bebês. Não que eu não goste de crianças, só acho que elas devam estar por perto de pessoas que saibam lidar com suas crises de choro e fraldas sujas.

Peter está limpo, bem alimentado — como Addy fez questão de frisar antes de sair para evitar que Lia e eu causássemos uma indigestão no garotinho por acidente —, então não faço a menor ideia do que pode ter de errado com ele.

Todos os bebês choram copiosamente ao acordar? E, se sim, este aqui já não deveria ter parado há alguns minutos?

À medida que os minutos vão passando e Peter não se cala, mais me sinto tentada a pegar o telefone e ligar pra minha irmã para pedir ajuda. Mas aí penso na minha família reunida numa mesa de restaurante e tendo uma noite divertida, o telefone toca e sou eu estragando tudo porque não consigo acalmar meu próprio sobrinho. Sei que Addison e Dennis vão se preocupar e ficar ansiosos para voltar pra casa logo. Seria um desastre.

Posso fazer isso.

Se eu fosse um bebê, também não estaria nada contente em acordar e ser pega no colo por uma estranha, com toda aquela claridade nas minhas retinas. Então, meu primeiro passo é apagar a luz do quarto e deixar apenas a lamparina de cores quentes ao lado do berço.

Depois, com alguma relutância do pequeno e uns puxões de cabelo, trouxe ele para mais perto de mim, deitando-o em meu peito e acariciando os cabelos encaracolados enquanto torcia para que ele esquecesse que não sou a mãe dele.

Demora um pouco, mas ele se acalma, soluça e depois pega no sono. Meu ombro está coberto em baba e, mesmo assim, sou a pessoa mais feliz do mundo.

A maternidade deve ser uma coisa maluca.

Devagar e com todo o cuidado, coloco-o no berço outra vez sem sequer respirar para não correr o risco de acordá-lo e saio do quarto em passos de gazela.

Agora que o pior passou, nem parece que foi tão ruim.

Desço as escadas com um olhar confiante e presunçoso para contar à Lia que dei conta de lidar com Peter sozinha, mas sinto que posso deixar para outra hora, uma vez que a loira está debruçada sobre o sofá com um pano molhado, um tubo de CIF e água sanitária em spray. O móvel tem uma enorme mancha cinza sobre as almofadas e, felizmente, consigo alcançá-la antes que uma tragédia maior acontecesse.

— É claro que você não sabe disso, mas água sanitária nesse material vai tirar mais do que... o que quer que seja isso.

— É maquiagem — ela diz, fazendo uma cara feia para Maggie, que não desconfia de nada, pois está com os olhos na televisão outra vez. — Como está o Peter?

— Com o perdão do trocadilho, ele está dormindo como um bebê. — Meu sorriso presunçoso volta. — Precisa de ajuda com isso aí?

— O que você acha?

Não digo nada, apenas vou atrás de um balde com água e outro pano. Depois volto para, junto de Lia Steele, tentar limpar aquela bagunça antes que minha família volte.

— Talvez eu não devesse ter sugerido que ficássemos com seus sobrinhos — ela murmura. — Posso comprar outro sofá para seus pais.

Dou uma risada baixa, depois olho para Lia. Ela está focada em tentar limpar a almofada, frustrada com o fato de que quanto mais esfregamos, mais a coisa se espalha. Fui injusta com ela, sei que suas intenções eram boas e que esse jeito irrefreável de querer agradar as pessoas sempre fala mais alto.

— É só um sofá — digo. — Mais um pouco de CIF e umas passadas de pano e vai ficar como se fosse novo.

— Não é isso, eu não deveria ter feito você fazer algo que não queria. Acho que tenho feito isso bastante ultimamente, sido uma completa sem-noção. — Ela me olha de volta, os olhos azuis aflitos e as sobrancelhas levemente arqueadas como as de um filhote de Golden Retriever.

É impossível não ceder aos encantos dela desse jeito.

— Olha só, Lia Steele, eu não sou a pessoa mais paciente do mundo. E não estou acostumada a ser tirada da minha zona de conforto por tanto tempo, só isso.

— Eu sei. Me desculpe.

— Já foi, certo? Estamos em Bibury, você fez o que queria, o sofá está arruinado, etecetera. Agora, se me lembro bem, nas gavetas embaixo da TV tem um verniz para couro que faz milagres.

Pega ele pra mim — pedi, tentando deixar aquela conversa de lado e terminar logo de limpar aquela bagunça.

Lia vai procurar o que eu pedi sem dizer mais nada. Enquanto esfrego as almofadas, ouço-a revirando as gavetas por uns instantes, até que ela para e diz:

— Isto aqui é um DVD? — pergunta, e eu me viro para olhá-la.

Ela está segurando a capa velha e desgastada de "Um lugar chamado Notting Hill" em Blu-ray.

— É. Uau. Não vejo um desses há muito tempo.

— Acredita que eu nunca vi esse filme?

— Eu também não. É o favorito da minha mãe e eu nunca mais confiei no gosto dela para essas coisas desde que ela levou toda a família de carro até outra cidade para assistir "Professora sem classe".

Lia dá uma risada breve.

— Esse filme é horrível, mas Notting Hill é um clássico. Preciso me lembrar de assistir quando chegar em casa.

— Por que não assiste aqui? Já está na sua mão mesmo.

— Primeiro porque eu não vou me sentar na sala dos seus pais e assistir um filme sozinha e, segundo, onde vou enfiar essa coisa?

— Bom, já que hoje é o dia nacional de fazer a Alice fazer coisas que ela não quer, podemos ver juntas depois que a Maggie dormir. O aparelho está bem ali. — Aponto para o objeto pequeno e discreto abaixo da TV, nem um pouco surpresa por ela não o ter reconhecido.

Num instante, os olhos de Lia Steele brilham outra vez e seu rosto todo se ilumina com um sorriso enorme que se desenha em seus lábios. Meu coração erra uma batida. Eu me odeio *muito*.

— Mesmo?

— Mesmo. Agora acha o que eu te pedi e vem me ajudar, temos muito trabalho antes e saiba que vamos ter que sentar no chão até o verniz secar.

A empolgação dela com a ideia é tanta que, num instante, terminamos de tirar toda a maquiagem do sofá e o fazemos ficar como era antes — ou quase isso. Mas ainda temos que esperar Maggie dormir, o que acontece três episódios e meio de "Miraculous Ladybug" depois. Honestamente, não acredito que é isso que as crianças estão assistindo hoje em dia.

Lia e eu a levamos para o quarto no segundo andar, depois eu encontro um pacote de pipoca de micro-ondas na cozinha enquanto procuro o saca-rolhas para abrir uma garrafa de vinho tinto e preparo para assistirmos o filme, junto com alguns cobertores e travesseiros que colocamos no chão para torná-lo um pouco menos desconfortável.

É claro que sou eu que preciso colocar o DVD, já que Steele não faz a menor ideia de como operar o aparelho. Após tirar toda a maquiagem do rosto, ela serve nossas taças, nós nos sentamos lado a lado e dividimos a pipoca. Nossas mãos se encostam esporadicamente dentro do balde e, quanto mais vinho eu bebo, mais esses encontros deixam minha pele formigando.

Quando o personagem do Hugh Grant derrama suco na personagem da Julia Roberts — que é uma atriz americana superfamosa — e a convida para ir até a casa dele, Lia Steele e eu trocamos olhares incrédulos.

— Nossa. A pessoa que disse que a vida imita a arte não tava de brincadeira — digo, dando risada.

— Eles se encontram em Londres e a Anna Scott é americana! Quais são as chances?

— Vocês ianques são obcecados por celebridades, é claro que ela seria americana.

— *Shhh*, quieta, acho que é agora que o inglês metido a intelectual leva um fora.

Mas ele não leva. Ao invés disso, eles se beijam depois de dezesseis minutos de filme, dando adeus a qualquer possibilidade de um desenvolvimento decente.

Inacreditável.

Sei que, depois dessa cena, Lia e eu ficamos em silêncio, assistindo enquanto a trama daqueles dois se desenrola e, apesar de o romance extra brega ser difícil de engolir, gosto dos diálogos, da crítica à mídia, do amigo sem noção do protagonista e de como eles usaram "Ain't No Sunshine" do Bill Withers durante a cena de passagem do tempo enquanto Grant caminha pelo mercado na Portobello Road.

No fim, quando toca "She" do Elvis Costello e mostra como os mocinhos viveram felizes para sempre, ouço os soluços de Lia Steele e viro o rosto para pegá-la enxugando suas lágrimas no ato.

— Você só pode estar brincando — digo, segurando a risada. O vinho me deixou um pouco altinha demais.

— O que foi? — Ela funga. — É um bom filme.

— É, mas não é *de chorar*.

— Claro, me desculpa, você ficou tanto tempo quieta que eu esqueci que você não tem alma.

— Dá um tempo, essas coisas não acontecem. Uma estrela do cinema mundialmente famosa não caminha por Londres, encontra um cara qualquer e se apaixona por ele. Especialmente um tão desengonçado.

— Ele só estava nervoso porque conheceu ela.

— O que é mais uma coisa questionável, porque acho que pessoas famosas não deveriam se relacionar com seus fãs, admiradores ou coisa assim.

— E por que não?

— Porque cria uma relação de poder meio tóxica. Se você namora o seu ídolo, vai acabar sendo leniente demais com os erros e atitudes tóxicas que essa pessoa pode ter.

— Mas isso pode acontecer com qualquer um. Quando você se apaixona por alguém, também idealiza e idolatra essa pessoa em algum nível.

— Pode ser, mas é muito mais fácil desconstruir a imagem que você tem de um alguém qualquer do que a de uma estrela do rock. Tem toda uma glamourização em volta, a ideia de que é um privilégio estar com aquela pessoa. — Balanço os ombros. — É diferente.

— Então, está dizendo que eu não deveria nunca me envolver com um fã?

— Isso.

— Vai ser difícil. Muita gente gosta de mim, talvez eu fique sozinha para sempre — ela brinca, com os lábios esticados em um sorriso sacana.

— *Eu* não gosto de você.

— Alice Cooper, você está flertando comigo?

— Não foi... Isso não — gaguejo. — Não foi o que eu quis dizer.

Lia Steele cai na gargalhada. Mesmo. Ela ri com vontade, durante muitos segundos.

— Até parece — digo. — Por mais que você queira muito que fosse diferente, não sou igual ao cara do filme, que se deixa levar tão fácil por esse charme clichê de celebridade.

Ela fica em silêncio por breves segundos, depois me olha.

— Está dizendo que, se eu fosse te beijar agora, você não ia deixar?

A pergunta me pega de surpresa e, ao desviar os olhos, encaro nossas taças vazias e uma garrafa vazia também, o que pode ser a explicação para uma pergunta tão ousada como essas vinda dos lábios comportados de Lia Steele, bem como a razão pela qual meu corpo inteiro se esquenta com a ideia.

— Como se você fosse fazer uma coisa dessas. — Sopro o ar de dentro da minha boca com um chiado, sustentando meu olhar no dela.

— Você não me respondeu.

— Lia Steele... — Em vez de respondê-la, decido dar o troco pela pergunta constrangedora e encurto a distância entre nós. Rápida, mas um pouco cambaleante, subo em cima dela, as pernas dobradas uma de cada lado de seu quadril. — Nós duas sabemos que você é insegura demais para tomar uma iniciativa sem ter certeza de que vai ser correspondida.

— O que você está fazendo? — ela pergunta e, tão de perto, consigo ver seu lábio inferior tremer. — O que está querendo dizer?

Apoio os cotovelos em seus ombros, inclinando-me para frente, deixando nossos rostos bem perto, a ponta dos nossos narizes quase se encostando e... *Puta merda*, essa foi uma má ideia.

Estou sentindo a respiração de Lia se alterando junto da minha, o cheiro de vinho em seu hálito, nossas peles se encostando mais do que nunca e gotículas de suor se formando em minhas têmporas. Mas é tarde demais.

— Estou dizendo que, mesmo que a pessoa esteja assim, na sua frente, te olhando como se você fosse a inspiração de todas as músicas de amor do mundo, ainda assim você não...

Não consigo terminar de falar porque Lia Steele me beija. Ela me beija com tanta intensidade que nossos dentes se batem por um instante e o choque faz qualquer traço de embriaguez deixar meu sistema no mesmo instante.

A loira segura a minha cintura enquanto acertamos o ritmo do beijo, desacelerando e sentindo o gosto uma da outra. É surpreendente como os lábios dela pressionados contra os meus têm a sensação de voltar à superfície e recuperar o fôlego após um minuto inteiro embaixo d'água. Meus pulmões ardem, e não posso evitar de emaranhar meus dedos nos cabelos de sua nuca para trazê-la mais pra perto. Sinto que vou perder a capacidade de raciocinar quando a loira morde meu lábio inferior e o toca com a ponta da língua.

Quando minhas mãos alcançam seu quadril e ameaçam subir a barra de sua blusa enquanto os beijos traçam a direção oposta por seu pescoço, ouvimos o barulho de chaves girando na fechadura e a porta da frente sendo aberta.

12
Lia Steele

A gente não precisa falar sobre isso, qualquer coisa eu escrevo uma música e te aviso

Tento dormir, mas é uma tarefa impossível. A temperatura do meu corpo caiu tão bruscamente assim que Alice e eu interrompemos aquele beijo que estou tendo calafrios. Agir como se nada tivesse acontecido na frente da família dela foi uma tortura, mas nada que se comparasse a ter que lidar com o silêncio sepulcral que se seguiu assim que entramos no quarto e nos preparamos para dormir.

Estou no beliche de cima com os dois olhos bem abertos enquanto escuto o barulho sutil das teclas do notebook de Alice. Me pergunto se ela acha que já peguei no sono ou se sabe o que fez com a minha cabeça.

Verdade seja dita: por mais que seja tentador culpar o vinho, todo o crédito por essa situação constrangedora vai para a minha incapacidade de controlar o desejo desorientado que tenho sentido de beijar essa mulher desde que a vi naquele cybercafé.

Mas ela... ela estava tão perto, me provocando daquele jeito. Qualquer um teria feito o que eu fiz.

E qualquer um se arrependeria amargamente, é claro. Estou pronta para ter a manhã de domingo mais desconfortável de toda a minha vida.

— Lia... — Ouço Alice chamar, após um longo tempo sem digitar nada. — Ainda tá acordada?

Demoro para responder, porque não tenho certeza de que estou pronta para aquela conversa. Mas o quarto está tão quieto, que ela possivelmente ouve o descompasso dos meus batimentos cardíacos.

— Sim.

Há silêncio outra vez, até que ela suspira alto e se remexe nos lençóis antes de dizer:

— Vai te ajudar a dormir se falarmos sobre o que aconteceu?

— Sim. Vai ajudar *você*?

— Talvez ajude, se parar de se mexer tanto aí em cima.

Acabo rindo, depois chego o corpo mais perto da beirada da cama. Ainda não consigo ver Alice, mas sinto que estamos mais próximas.

— Que fique claro: você me provocou.

— Não tinha como eu saber que você estava louca para me beijar daquele jeito.

— Cala a boca. — Pressiono o rosto contra o travesseiro, mortificada.

— Foi só um beijo.

— Sei disso. Eu só... — Mordo o lábio, insegura. — Esses últimos dois dias têm sido muito bons. E você faz parte disso, por mais que se recuse aceitar: nos tornamos amigas, ou algo assim.

— Vou me contentar com o título, visto que ser amiga de uma supercelebridade pode ser a coisa mais interessante que vai acontecer comigo em toda a minha vida.

Rio outra vez, então tomo coragem para descer as escadas e sentar-me ao lado da morena na cama.

— Não precisa ser estranho, certo? — digo. — Somos adultas. Bebemos vinho. Nos beijamos. Fim da história.

— Quanta maturidade para alguém que tinha glitter e sombra roxa até na testa mais cedo.

— Será que algum dia alguém já conseguiu ter uma conversa séria com você? — pergunto, erguendo uma sobrancelha e olhando em seus olhos, mas mantendo uma distância segura de seus lábios.

— Só estou tentando descontrair. Entendo que devem estar passando um milhão de coisas na sua cabeça agora, porque você é ansiosa e tudo mais. Mas não precisa ser assim. — Ela vira o rosto para mim, com o olhar mais sincero que me lembro ter visto em alguém. — Se quiser fingir que não aconteceu, tudo bem. Se quiser fazer piada sobre isso ou me dizer como se sente *de verdade*, eu vou te ouvir. E prometo levar a sério.

— Não sei como me sinto — confesso, ainda surpresa pela gentileza nas palavras dela. — Foi... *bom*, não é?

— Está perguntando ou está afirmando?

— *Foi* bom.

— Assim é melhor. E, sim, *talvez* eu tenha gostado de te beijar.

— Talvez é uma palavra assombrada.

— Tem razão.

— Você concordando comigo tantas vezes nas últimas horas também me assombra um pouco.

— Na maior parte das vezes eu só faço isso pra você calar a boca.

— Rá. Tá bom. Você não me engana mais, Alice Cooper.

— Como assim?

— Essa sua atitude de "*Eu odeio tudo e todo mundo*" é só uma grande fachada.

— Não tenho nada para esconder. — Ela dá uma gargalhada sarcástica. — E eu até poderia fazer um comentário maldoso sobre isso agora, mas para te provar que estou levando nossa conversa a sério, não vou.

Mesmo que Alice não veja, reviro os olhos e jogo os pés para fora da cama, levantando-me. Mas sinto sua mão sobre a minha, me puxando de volta.

— É melhor a gente dormir.

— Ei, Lia — ela me chama, com um tom bem mais sério em sua voz. Sem oferecer resistência, me viro. — Fica.

— Por quê? Já conversamos, certo?

— Porque se você estiver na cama de cima, vai ser meio difícil fazer isso.

Não há outro jeito de dizer isso se não afirmar que Alice Cooper avançou contra a minha boca e me beijou. E, em algum momento antes dos nossos lábios se encontrarem, quando percebi o que estava prestes a acontecer, eu cogitei me esquivar.

Não queria dar a ela a impressão de que poderia me ter tão fácil.

Mas a verdade é que ela pode, e sabe disso.

Logo estou com o corpo sobre o dela, nossos lábios colados como se conhecessem um ao outro durante toda uma vida. E, dentre todo o calor que me consome de dentro para fora, surge uma centelha de medo.

E é o suficiente para me paralisar.

Os últimos anos passam diante dos meus olhos, como acontece nos filmes quando o protagonista está à beira da morte.

Eu conheço alguém, me apaixono perdidamente e permito-me achar que dessa vez tudo vai ser diferente. Então as coisas ficam mais sérias, meus amigos descobrem e, na mesma medida em que começo a enxergar um futuro com essa pessoa, o relacionamento se torna público. É quando as coisas começam a ruir. As especulações, o assédio da mídia e dos fãs.

Mas Alice é uma garota. E todas essas coisas aconteceriam com a intensidade de um ciclone tropical.

— Você tá bem? — Alice pergunta, uma de suas mãos segura meu rosto e a outra está sobre meu ombro.

— Acho... — Ergo o olhar para encontrar o dela, um gosto amargo toma conta da minha boca. — Acho que é melhor a gente dormir.

Sua expressão é tão confusa quanto o esperado, e Alice recolhe as mãos para si. Eu também olharia assim para alguém que me dissesse isso quando, momentos atrás, estivesse me beijando como se o mundo pudesse acabar.

— Tudo bem — diz, por fim, puxando o cobertor para si.

— Posso dormir com você?

Demora alguns segundos, mas Alice finalmente responde:

— Você já está aqui mesmo...

Um sorriso involuntário se desenha nos meus lábios, eu puxo um pouco da coberta para mim e me ajeito ao seu lado como posso naquela cama pequena.

A família de Alice *sabe* o que aconteceu.

Não há um jeito lógico de explicar, mas algo nas trocas de olhares e risadinhas suspeitas durante o café da manhã me dizem que, se eles não sabem, ao menos desconfiam fortemente de que alguma coisa aconteceu entre mim e Alice.

Por isso, quando estamos a sós no quintal, prestes a enfrentar uma a outra numa partida de Scrabble, eu pergunto:

— Você disse alguma coisa pra sua família sobre ontem?

Ela ergue os olhos, confusa.

— Sobre o que Maggie fez com o sofá porque foi deixada sem supervisão? Sobre você ter me beijado? Seja mais específica.

— Sobre *nós*. — É o que consigo dizer sem aumentar exponencialmente minha vontade enfiar minha cara num buraco.

— Claro que não. Por que eu faria isso?

— Não sei. Você não achou que eles estavam agindo estranho no café?

— Talvez *nós* estejamos agindo estranho e eles tenham notado isso. — Ela balança os ombros e começa a distribuir as peças para cada. — Quando dei meu primeiro beijo, minha mãe soube no instante em que pisei dentro de casa.

Como eu peguei a letra K e ela a letra T no sorteio, começo formando a palavra "líderes". Uma palavra de *sete* letras, que usa todas as peças. Uma escritora fantasma e uma escritora de músicas em um jogo de formar palavras. Soa como uma briga boa.

— Pensando melhor, a minha família sempre sabe quando estou escondendo alguma coisa.

— Sutileza não é muito o seu forte de qualquer jeito, não é? — Alice ergue uma sobrancelha, provocativa, depois forma a palavra "rumo". — Mas não se preocupa, eles não vão dizer nada pra ninguém. E eu também não vou.

— Imagina só deixar alguém saber que você beijou uma das mulheres mais desejadas da década — ironizo.

— Sou aquariana. Rejeitamos tudo que é popular.

A morena balança os ombros e eu dou risada, juntando as peças no tabuleiro para formar a palavra "facas" acima do S de "líderes".

— Mesmo? Então aquela vontade toda que você usou para me beijar era rejeição?

Sei que a deixei constrangida, o que faz com que eu me sinta vingada.

— Eu tenho uma reputação, Lia Steele.

Antes que eu possa responder, sinto o celular vibrar no bolso com uma mensagem. É Jack, me perguntando que horas deve mandar o carro me buscar e, sendo honesta, eu diria que nunca se pudesse. Mas como sei que não é uma possibilidade, talvez eu possa ao menos prolongar a minha estadia.

— Ei, tudo bem se eu for embora amanhã? Não sei se quero encarar uma viagem de carro tão longa hoje.

— E adiantaria dizer que não? Se tem uma coisa que eu aprendi nesses últimos dias é que qualquer tentativa de me livrar de você será devidamente frustrada no ínterim de um minuto a duas horas — ela diz, alternando o olhar entre mim e a as peças que juntas formam a palavra "nome".

O sorriso sutil em seus lábios não falha em revelar que ela está feliz que vou ficar, e isso deixa meu coração quentinho. Então respondo meu empresário dizendo que pretendo passar mais uma noite, e tenho certeza de que a notícia faz nascer mais um cabelo branco em sua cabeça.

Minutos depois da confirmação de leitura dele, recebo uma ligação da minha mãe.

— Preciso atender — digo à Alice. — Nada de trocar as peças enquanto eu não estiver olhando.

Assim que me afasto e atendo a chamada, minha mãe imediatamente inquire do outro lado da linha:

— Cordhelia, o que está acontecendo?

O tom de sua voz indica que, a menos que eu desligue o telefone e o atire no rio, terei que dar razões plausíveis para o fato de eu estar enfiada nos cafundós da Inglaterra sem dar sinal de vida há dias.

Mas por onde começo?

Ela sabe das razões que me levaram ao colapso, a me aventurar nas ruas de Londres sozinha, a encontrar Alice e entrar no carro da amiga dela rumo a uma cidade desconhecida. Ela não sabe de Alice. Ao menos não o suficiente para que entenda que ela é uma das coisas que me faz querer ficar. E não sei se conseguiria explicá-la por telefone. Ou de qualquer outra maneira sem soar insana.

— É só mais um dia, mãe — argumento, na tentativa de desviar da resposta que ela quer. — Estou vivendo alguns dias bons depois de meses. Eu mereço isso.

A ligação fica muda até que ouço um suspiro alto. Mamãe parece chateada. Pergunto-me se meu tom pode ter sido um pouco cortante demais, ou se minha fala pode tê-la feito sentir culpa. Ou talvez ela só esteja decepcionada.

— Está tudo bem comigo, prometo. Só me dá mais essas horas, e amanhã vou voltar e colocar as coisas de volta no lugar.

— Lia, você já não é mais uma criança faz tempo e, por mais que eu queira, não posso tomar nenhuma decisão por você. Me resta confiar que sabe o que está fazendo.

— Mãe, acho que ninguém sabe o que está fazendo o tempo todo, mas desta vez quero acreditar que sim.

— Eu te amo.

— Também te amo, mãe. Nos vemos amanhã.

— Até amanhã.

Ao encerrar a ligação, sinto minhas mãos trêmulas, mas volto para a mesa como se nada tivesse acontecido e adiciono um "s" no fim da palavra "nomes".

— Patético — ela diz, me fazendo rir.

O que Alice não sabe é que eu tenho mais duas peças S e as uso para formar os plurais das próximas palavras que ela forma. "Tríade" vira "tríades" e "figo" vira "figos", me dando uma vantagem grande de pontos. A reação de Cooper é impagável, e ajuda a me distrair da conversa um tanto tensa que tive há minutos. Minha adversária só consegue virar o jogo ao obter pontuação tripla na palavra "quota".

— Eu juro por Deus que se você tiver mais um S...

— Não tenho — lamento. — Só que um R também pode servir.

Ela cerra os olhos.

— Mas você não tem um R.

Deixo meus ombros caírem.

— Não desta vez. — Prossigo com a minha jogada, e consigo alcançar um quadrante de pontuação dupla apenas com "pote".

— Minha mãe está preocupada comigo.

— É compreensível. Você não acha?

— Eu sou uma pessoa ruim por estar fazendo ela e todo mundo ao meu redor passar por isso?

— Está pedindo conselho para a pessoa errada, loira — ela diz, os olhos verdes analisando friamente o tabuleiro e as próprias peças. — Estou com você nessa de se jogar no mundo, ou em Bibury, para dar um tempo da sua vida de superfamosa, mas só você sabe como isso vai afetar sua vida, suas relações e coisa e tal.

— Olha para você tendo empatia — digo. Em seguida, me permito mais um ato impulsivo e seguro a mão de Alice sobre a mesa, deixando nossos dedos se entrelaçarem. — Obrigada por estar comigo.

— Estou prestes a te destruir numa partida de Scrabble, é o mínimo que posso fazer — ela responde com um sorriso e depois abaixa o olhar no que eu acredito que seja uma tentativa de dispersar o rubor em seu rosto.

13
Alice Cooper

Verdadeiro ou falso: eu abdicaria de toda a minha dignidade e convicções por uma mulher bonita

A OMS adverte: o jeito com o qual pensamentos fluem durante o banho pode ser um perigo pra sanidade mental. E a minha já está em jogo há muito tempo.

O universo misturou as duas coisas mais improváveis na pior divisão de tempo e espaço já vista na história da humanidade: minha família e Lia Steele.

E quem diria que elas teriam em comum a capacidade de me causar sentimentos tão dúbios?

Amo a minha família. Todos eles. Até mesmo o Denis. E não amo só porque existe uma convenção social que dita que devemos amar nossos familiares quando possível. Eu realmente sou grata pela vida e oportunidades que meus pais me deram, e Addison é uma excelente irmã mais velha, especialmente por manter nossos pais entretidos com seus lindos bebês e sua carreira de sucesso. Mas saber que eu sou bem diferente da pessoa que eles me criaram pra ser causa um distanciamento emocional que não sei superar.

E Lia Steele... Bem, ela caiu de paraquedas, despencando do céu bem em cima da minha cabeça e criando o caos. Ou melhor: somando-se a ele.

E eu gosto dela.

A esta altura do campeonato, seria estupidez da minha parte dizer o contrário. Eu definitivamente tenho uma quedinha — que está mais pra um abismo inteiro — por ela.

Agora que consigo escutar meus pensamentos, concluo que é estupidez de um jeito ou de outro. É estúpido *e clichê* que eu tenha me deixado levar pelos encantos de uma garota bonita e superfamosa.

Como se a minha vida fosse uma fanfic.

Mas, na vida real, essa história nunca teria um final feliz.

Porque por mais que Lia seja a companhia perfeita, beije muito bem, tenha olhos azuis feito as águas do Caribe e ria das minhas piadas, ela vai voltar pra vida dela amanhã e esquecer que eu existo num par de meses. Logo, minha única opção é esperar que meu cérebro trate essa paixonite como todos os hobbies que um dia eu já tive interesse e faça ela evaporar.

Caso contrário, terei problemas.

Quando me sento na minha antiga escrivaninha para escrever o artigo, não consigo me concentrar.

Não com o barulho das risadas e o cheiro de marshmallow que passam pelas frestas da janela do quarto.

Minha família resolveu punir meu esforço árduo de não procrastinar o trabalho fazendo uma fogueira enorme no quintal, como faziam quando eu e Addy éramos crianças.

O resultado disso é eu estar me sentindo nostálgica e culpada por me trancar no quarto enquanto eles se divertem.

O que ameniza a minha culpa é que eu trouxe Lia Steele pra me substituir, e ela é uma figura bem mais interessante. Afinal de contas, ela adora crianças e conta histórias comprometedoras sobre gente famosa, enquanto eu sou incansavelmente monossilábica.

Sem esperanças de conseguir espremer mais nenhuma outra palavra da minha cabeça, abaixo a tela do laptop e solto um longo suspiro.

Eles venceram.

A noite do lado de fora é gelada, e me faz apressar o passo na direção da fogueira. Até que algo me faz parar.

Lia está cantando.

— *I kill every plant I love, I overwater. A sunflower amid your blue eyes, don't want to be my mother's daughter...* — Ela está cantando enquanto toca o violão velho do meu pai e eu não estava preparada pro quanto a voz dela é ainda mais bonita e melodiosa assim tão crua. — *I said I love you just three times, then kept a fourth one in my pocket in case you ran for real this time and I get to yell it like a promise...*

Não é a mesma coisa do que uma gravação, ou um show com dezenas de equipamentos e amplificadores. É puro, e a vibração das notas no ar me faz compreender um pouco do amor dela pela música.

— Uau — digo, enquanto me aproximo, abraçada no meu próprio corpo pra despistar o frio. — Agora eu entendo por que as pessoas pagam pra ver você cantar.

Por mais que a minha família possa ter pensado que eu estava sendo indelicada, Lia sorri, porque ela sabe que é um elogio.

Me sento entre meus pais e Lia, Addy está do outro lado do fogo com Denis, que tenta prender o cabelo de Maggie com presilhas enquanto Peter balança as pernas gordinhas no carrinho de bebê.

— Olha só quem resolveu sair da caverna — meu pai diz. — Me lembra da sua adolescência, quando você não saía do seu quarto por nada.

— Eu tinha medo de vocês entrarem e descobrirem a minha coleção de fotos das atrizes por quem eu era secretamente apaixonada.

— Querida, você achava mesmo que eu não daria falta dos rostos da Angelina Jolie e da Scarlett Johansson em todas as minhas revistas de fofoca? — diz minha mãe, fazendo todos rirem.

— Não vamos nos esquecer da Sandra Bullock — digo.

Meu pai me serve vinho em uma caneca e, por um segundo, eu havia me esquecido da tradição da família de tomar vinho quente mesmo fora do Natal.

— Eu sempre gostei mais da Jennifer Aniston — diz minha mãe. — Gosto de mulheres engraçadas.

— Desde quando você gosta de mulheres? — pergunta Addy, em choque.

— Sou uma mulher moderna. — A senhora Cooper balança os ombros e eu começo a gargalhar. — Mas muito bem casada.

Ela e meu pai dão um selinho apaixonado e, não importa quantos anos eu tenha, eu *nunca* vou me acostumar a ver os dois se beijando. Addison, pelo contrário, se deixa contagiar pelo clima de romance e beija o marido, aproveitando que Maggie está dispersa no celular.

Troco um olhar cúmplice com Lia por sermos as únicas solteiras e desacompanhadas do lugar, mas quando meu pensamento é tomado por ideias como "E se a gente se beijasse também? Aqui e agora?", viro o rosto no mesmo instante e me agarro a um graveto de assar marshmallow.

Nervosa, finco a ponta dele no doce de qualquer jeito e acabo furando meu dedo.

— Ai! — A dor aguda me faz gemer, logo há um filete de sangue escorrendo pela minha mão. Bem mais sangue do que eu esperava.

— Meu Deus, Alice. — Lia se levanta da cadeira de acampamento e para do meu lado, depois se ajoelha no gramado e pega a minha mão. Eu me sinto a mulher mais patética da face da Terra. — Como você fez isso?

— O maldito graveto... Essas coisas são armas brancas — resmungo. Logo estão todos olhando pra mim e a situação consegue ficar ainda mais constrangedora.

— Tá tudo bem, não foi nada grave — ela diz como se eu fosse uma criança de cinco anos, enquanto analisa o sangramento. — Mas vamos ter que jogar o marshmallow fora.

Odeio admitir, mas a fala dela me arranca um risinho.

Lia pega um guardanapo da mesa perto da fogueira e usa pra limpar o meu dedo. Eu poderia ter feito isso sozinha, mas o jeito suave com o qual ela faz pressão no furo para que ele pare de sangrar é reconfortante.

Prendo a respiração e olho pra ela, enquanto a loira olha para o meu dedo ensanguentado. A luz alaranjada do fogo bruxuleia sobre a pele branca da garota e faz parecer que os fios dourados de seu cabelo são incandescentes.

— Você pode soltar — digo após libertar o ar preso em meus pulmões, notando que a nossa pequena cena está durando tempo demais. Sei exatamente o que passa na cabeça da minha família neste momento e eu já vi esse filme antes. — Eu estou curada, doutora.

Nós rimos, e Lia se afasta.

Mas meu pulso acelerado ainda vai demorar bastante para recuperar a frequência.

✦

Lia cantou mais umas músicas, todas elas com a mesma melodia suave acompanhada pelas notas baixas que a loira é muito boa em alcançar.

Nós jantamos juntos e, por algumas horas, me vi confortável e feliz por estar com a minha família, como acontecera poucas vezes nos últimos anos. A sensação de que me tornei uma estranha para eles dera uma trégua, e eu até consegui conversar com meu pai sobre outra coisa que não fosse meu emprego ou meu estilo de vida.

Talvez eu pudesse alugar Lia para temporadas, e torná-la minha acompanhante oficial para visitas em Bibury. A presença dela tem o poder surpreendente de tornar as coisas mais leves e, como alguém que conhece poucas pessoas assim e que não é uma delas, admiro isso.

É quase meia-noite quando todos vão se deitar, e restamos eu e Lia perto da fogueira, que vai minguando à medida que a brisa noturna sopra suas brasas.

— Vou sentir saudade — Lia diz, posicionando-se estrategicamente do meu lado para atiçar meus sentidos com seu perfume adocicado. — Da sua família, é claro. E um pouco de você também.

— Pode visitar quando quiser, agora que sabe o caminho.

— Talvez se eu vier e arrastar você, eles gostem ainda mais de mim.

— Discordo fortemente. Eles devem gostar mais de você do que de mim a este ponto.

Ela ri e tomba a cabeça para trás para depois encaixá-la em meu ombro de um jeito tão natural que quase não percebo. Quase, porque é claro que meu corpo inteiro entra em estado de alerta com seu toque.

— O céu daqui é tão bonito — ela diz, olhando para as estrelas.

— É porque é longe o suficiente da poluição de Londres. Sabe que eu perdi o costume de olhar para o céu depois que me mudei? — Olho para cima também. Há incontáveis pontinhos luminosos no céu, bem como quando eu era criança. — Eu até sabia identificar algumas constelações.

— Mesmo? Tipo quais?

Aperto os olhos de leve para suprimir a luz do fogo e deixar minhas pupilas dilatarem um pouco e começo a procurar alguns padrões familiares, ou ao menos um ponto de referência. Demora uns segundos, mas finalmente encontro uma que conheço.

— Você consegue ver Sirius, certo? A mais brilhante de todas bem ali. — Aponto com o indicador, e Lia segue meu dedo com os olhos. — Acima dela estão três estrelas que formam um triângulo e em baixo uma pirâmide. Ela se chama Canis Major, o triângulo é a cabeça e a pirâmide sem base são as patas dianteiras. Se olhar um pouco para baixo, estão outras nove que formam o corpo, o rabo e as patas traseiras.

— Até consigo ver, mas a pessoa que olhou para isso da primeira vez e viu um cachorro não estava nem um pouco sóbria.

Dou risada.

— E se eu te disser que a Canis Minor são só *duas* estrelas?

— Tá brincando!

— Não mesmo. Está bem ali à esquerda do Cinturão de Órion, que são aquelas três estrelas alinhadas.

— Os Três Reis?

— Isso mesmo. Se eu não tivesse tomado vinho demais, te explicaria tudo sobre como a história do nascimento de Jesus Cristo está escrita nas estrelas.

— Nem vem. Não vou deixar você arruinar o Natal.

Rio outra vez.

— Nada mais justo, já que você arruinou todas as outras cantoras pop para mim.

Lia ergue o rosto pela primeira vez em muito tempo e, apesar de sentir falta da pressão que sua cabeça fazia em meu ombro, vê-la sorrir para mim — com os lábios e os olhos — ofusca até o brilho das estrelas.

— Está finalmente dizendo que gosta da minha música?

— Acho que podemos concordar que você é uma excelente cantora e, apesar do fiasco no Scrabble mais cedo, compõe muito bem. Mas não é só isso: nenhuma delas me salvou de ter que admitir pra minha ex que eu estou solteira e sozinha, e aposto que elas também não beijam tão bem.

Por mais que eu tenha tentado segurar a provocação, ela surte efeito no mesmíssimo instante e suas consequências são nítidas no rubor das bochechas de Lia Steele.

Seguro aquele rosto magnífico e corado entre meus dedos, apreciando a visão alguns instantes antes de beijá-la. Seus lábios macios com sabor de marshmallow derretem qualquer rastro de racionalidade em mim, e a sensação é viciante.

Minhas mãos seguram sua cintura como se tivessem vida própria e ela joga os braços sobre meus ombros. Enquanto a fogueira esfria, nossos corpos esquentam numa proporção desenfreada.

Que droga.

— Isso é uma má ideia — constato quando nos afastamos, tomando ar.

— Talvez daqui a uma semana. Ou amanhã. Mas agora eu acho uma ideia excelente — ela rebate, sem hesitar.

E ainda que eu ache muito sexy essa atitude tão confiante e despreocupada da loira, há muito mais em jogo do que o peso na consciência por causa de um caso de uma noite só.

— Sei. Vamos subir, são quase duas da manhã.

Antes de entrarmos, apago o fogo da lareira com uma pá, que é como uma metáfora sacana para o contexto.

Não dormimos juntas *daquele jeito*, mas dormimos juntas dividindo o espaço limitado da cama, encarando o escuro e sufocando o que sentimos.

14
Lia Steele

PR training: certifique-se de não parecer gay demais quando há uma criança com um celular por perto

— Lia... Ei, Lia... Acorda. — Ouço a voz de Alice me chamar, mas meus olhos estão fechados e eu estou tão quentinha e confortável que apenas me aconchego ao corpo dela mais um pouco e resmungo alguma coisa ininteligível. — É sério. Você precisa ver isso, a Clara acabou de me mandar.

O tom dela me alarma, diz que preciso mesmo despertar.

Meus olhos se abrem com algum custo, enquanto minha mente vai colocando em ordem tudo que aconteceu na noite passada. Eu já sabia que a manhã de hoje reservava um clima imprevisível, mas nada poderia ter me preparado para Alice colocando a tela de seu celular na minha frente e um vídeo de nós duas estar nela. É um momento da noite passada, quando a morena espetou o dedo e eu me ajoelhei ao lado dela para ajudar. Vendo pelo ângulo em que o vídeo foi filmado, parece que somos muito íntimas, e ela me olha de um jeito tão afetuoso que me pega de surpresa.

Não tão de surpresa quanto o fato de o vídeo já ter mais de treze milhões de visualizações.

Treze. Milhões.

Os comentários já estão na casa das centenas de milhares e isso é só no TikTok.

— O que... — tento dizer, mas meu corpo inteiro já entrou em modo de pânico generalizado. Se meu estômago não estivesse vazio, eu vomitaria aqui mesmo. — Como isso aconteceu?

— Eu não faço a mínima ideia. Foi postado há dez horas por um usuário chamado @user9322.

Me coloco sentada e abraço minhas pernas, enquanto Alice caminha pelo quarto de um lado pro outro. Preciso pegar meu celular, porque com toda certeza minha mãe, Jack e todos os meus amigos devem ter inundado o aparelho de ligações e mensagens, mas mal consigo olhar pra ele sem querer morrer.

— Não tinha mais ninguém aqui noite passada, Alice. Só tem uma possibilidade.

Ela me olha com a expressão consternada.

— Você não acha que a minha família faria isso, acha?

— Se você tiver outra explicação, eu adoraria ouvir — rebato, ansiosa.

— Lia, meus pais acham que TikTok é uma música. A Addy e o Denis podem ser um pouco sem-noção, mas eles jamais seriam tão sórdidos. Além do mais, ninguém estava no celular ontem, exceto... — Ela faz uma longa pausa. — Ah, não.

✦ ◯ ✦

— Lia, nós sentimos muito mesmo. A Maggie não fez de propósito, e a culpa é totalmente nossa por não termos prestado atenção — diz Addison.

É claro que uma criança de cinco anos não postou aquilo com a intenção de espalhar um rumor com potencial de mudar o rumo da minha carreira.

Mas isso não faz a menor diferença.

O vídeo já foi apagado, mas cópias dele estão se multiplicando feito coelhos pela internet, onde ele ficará por toda a eternidade.

— Tá tudo bem — digo, do sofá onde estou sentada com a minha mala ao meu lado. Quando eu não respondi às mensagens de ninguém, Jackson decidiu que viria me buscar antes da hora. Embarcaremos pra casa no nosso jato particular e depois vamos achar um jeito de consertar tudo isso. — Eu não culpo vocês. De verdade.

Culpo a mim mesma, por ser ingênua o suficiente ao achar que eu poderia dar uma de Hannah Montana e experimentar ter uma vida normal, *como se a vida fosse uma fanfic*.

Quanta estupidez.

— Tem certeza de que não tem nada que a gente possa fazer, querida? — pergunta Lucy Cooper, me entregando um pires com uma xícara de chá de camomila fumegante.

— Tenho, sim. Obrigada mais uma vez por terem me deixado ficar, foram momentos muito bons, mas agora eu preciso voltar pra vida real.

— Você é bem-vinda quando quiser voltar — diz o pai de Alice. — Agora vamos deixar vocês se despedirem.

Todos saem da sala, deixando para trás eu, Alice e um silêncio fúnebre e desconfortável. Tento tomar um pouco do chá, mas está quente e minhas mãos estão trêmulas.

Não sei o que dizer a ela.

Esse não era o jeito que eu queria acordar depois da noite de ontem, mas o destino tinha outros planos.

E talvez esse fosse o jeito dele dizer que eu e Alice somos dois corpos estranhos em rota de colisão, predestinados a causar uma destruição massiva caso uma força maior não nos tire do caminho uma da outra.

Algumas coisas não são pra ser.

— Eu preciso te alertar... — começo, quebrando o silêncio. — que é possível que as coisas saiam ainda mais do controle e, se alguém te procurar...

— Não se preocupa, eu não vou dizer nada. — Alice cruza os braços e se revolve na poltrona.

— Não é isso. Bem, não é *só* isso. Talvez você deva ficar aqui por mais uns dias. Se as pessoas começarem a te reconhecer na rua...

— Uau. Você tem tanto medo assim das pessoas acharem que nós temos alguma coisa que pensou que seria uma boa ideia sugerir que eu não volte para a *minha* casa?

— Por que você está agindo assim?

— Assim como?

— Como uma idiota! Estou tentando proteger você. — Respiro fundo, tentando reunir toda a minha paciência. — As pessoas vão vasculhar a sua vida inteira. Vão te perseguir nas ruas, tirar fotos e te fazerem perguntas maliciosas até conseguirem uma história que elas possam vender. Sei disso porque já vi acontecer antes com outras pessoas que se envolveram comigo. Será que você não entende que o que está em jogo aqui não é só o meu nome?

— Por favor, Lia. Sua carreira não vai chegar ao fim se as pessoas descobrirem que você gosta de mulheres.

— Eu sei que não, mas no instante em que acontecer, vou me tornar a *cantora lésbica* na cabeça das pessoas. Coisa que eu nem sequer sou, mas ninguém lembra que bissexuais existem.

— E isso seria tão ruim assim? — ela pergunta, na ofensiva.

— Eu não tenho vergonha nenhuma de gostar de mulheres, mas não quero que as pessoas me reduzam a um rótulo, e é isso que vai acontecer.

— E daí se as pessoas vão te rotular? É a *sua* vida.

— A minha vida inteira literalmente depende do que as pessoas pensam sobre mim, Alice. Mas eu não espero que você entenda.

— Você tem razão. Não entendo. E, se a opinião dos outros te importa tanto, a minha é que você está sendo covarde — ela diz, se colocando de pé. — Espero que você seja feliz vivendo no seu castelo de mentiras, aposto que os armários devem ser confortáveis.

Alice vai embora.

Ela sobe as escadas e me deixa sozinha.

É a primeira vez, desde que nos encontramos, que eu me permito chorar.

⋆❂⋆

O caminho até o aeroporto de Londres é feito em silêncio. Jack sabe quando me dar espaço, e eu respeito muito essa qualidade nele.

Dentre o turbilhão de coisas que passam pela minha cabeça, a que mais me deixa atordoada não é aquele vídeo e o fato de que ele foi e está sendo visto por milhões de pessoas no mundo todo, mas sim o jeito com o qual eu me despedi de Alice.

Ou melhor, *não* me despedi.

Me contenho, porque não quero que Jackson me veja chorando, mas se eu pudesse pensar só em mim agora, pediria pra ele dar meia-volta com o carro e me deixar na porta da família Cooper pra eu poder tentar consertar as coisas.

Porém, verdade seja dita, Alice é teimosa demais para me aceitar.

Quanto mais cedo eu tirar isso da minha cabeça, mais rápido esse nó da minha garganta vai se desfazer.

E, no jatinho, quando sinto que estou prestes a esgotar minha cota de egoísmo por instaurar o caos na vida da minha família e da minha equipe, resolvo quebrar o silêncio.

— Eu só percebi que tinha dito "não" pro Henry quando olhei em volta e todo mundo estava em silêncio — começo. — Então fiquei assustada e só queria ir pra um lugar onde não me fariam perguntas ou me tratariam como se eu fosse de cristal e pudesse quebrar. Aí mandei mensagem pra Kylie White. Você se lembra dela. — A garota que, mais do que nunca, tem todos os motivos do mundo pra me detestar. — Depois disso, foi só ladeira abaixo.

Conto pra ele sobre como Alice viu a gente se beijando no banheiro e sobre como eu dei um chilique bem parecido com o chilique que dei horas atrás na casa dos Cooper.

— Espera, então você não conhecia essa tal Alice? Mas você disse que ela era uma amiga.

— Se eu dissesse que estava indo dormir no apartamento de uma estranha, vocês teriam mandado a polícia atrás de mim.

— E com razão. Mas continua a história.

Narro tudo do jeito mais resumido possível, para evitar passar pelas parte que me lembram os pequenos momentos entre eu e Alice, até chegar na parte em que o vídeo foi gravado.

— Foi uma coisa inocente, ela tinha se machucado e eu fui ajudar, mas você sabe como as pessoas são emocionadas.

— Então está me dizendo que nada aconteceu entre vocês duas? Porque parecia muito que... — Meus olhos se erguem até Jack, estou curiosa pelo que ele tem a dizer, porque ele é uma das pessoas mais sinceras que conheço. — Quer saber? Vou deixar você me contar.

— Não tinha nada... quero dizer, a gente se beijou, sim, mas só isso. — Quero calar a boca, mas a expressão confusa em seu olhar pede mais explicações. — Você não precisa saber dos detalhes, mas sim, nós nos beijamos. Várias vezes. E por um momento eu esqueci de tudo, sabe? Esqueci até de quem eu era, e do porquê era uma idiotice tremenda ter me deixado levar pelos meus sentimentos.

— Lia, no mundo em que você vive é fácil se esquecer disso, mas você é um ser humano. Seres humanos têm sentimentos e, na maior parte do tempo, se deixam levar por eles. — Ele cobre o dorso da minha mão com a dele. — A Lia *pessoa* existia bem antes da Lia *cantora* e ela precisa vir em primeiro lugar, sempre. Não se sinta culpada por fazer o que você quer fazer só porque isso não é o que os outros esperam de você.

— Aí é que tá. Não é só sobre mim. Nunca é. Muita gente depende de eu andar na linha, ou se espelha em mim de alguma forma, e tudo que tenho feito nesses últimos anos é planejar cada passo que dou, enquanto calculo como isso vai afetar essas pessoas. Não é justo que eu chute o balde por egoísmo.

— Não é egoísmo querer um pouco de liberdade, você sabe.

— Jack, sei que está tentando ser meu amigo agora, mas preciso do meu empresário. Nós já tivemos conversas sobre isso com a equipe de imprensa e com os nossos advogados, e todo mundo concordou que seria uma má ideia deixar as pessoas saberem que eu gosto de garotas. Você mesmo disse isso, se lembra?

— Isso foi há quase três anos. As coisas mudaram um pouco desde então e...

— Então você acha que é uma boa ideia? Que se eu der uma entrevista dizendo que sou bissexual as coisas vão continuar as mesmas?

— Não, eu não acho. Existe uma parcela cruel do mundo que vai te dizer coisas horríveis, e muita gente vai te olhar diferente, sim. Mas, Lia, você estava se sentindo sufocada a ponto de jogar tudo pro alto em uma noite e sumir no mapa com uma desconhecida. Isso poderia ter sido perigoso. Não é assim que as pessoas que te amam querem que você viva sua vida, então, se você deve se preocupar com a opinião de alguém, é com a dessas pessoas. — Jack coloca um dos braços sobre o meu ombro, em um meio abraço bem-vindo. — E eu sou uma delas. Então me desculpa por ter te feito sentir que não havia outra opção senão se manter no armário, mas a verdade é que você tem.

Me ajeito na poltrona, virando o rosto pra janela, sem saber exatamente o que dizer.

Ele tem razão, eu estava me sentindo sufocada.

E dá medo pensar no que poderia ter acontecido se, em vez de Alice, outra pessoa tivesse entrado naquele banheiro.

O desfecho dessa história podia estar sendo muito mais traumático.

Mas os últimos dias foram inesquecíveis. E eu estava em segurança, conhecendo uma cidade maravilhosa em ótima companhia e, por mais que as coisas tenham tomado um rumo terrível, não consigo dizer que me arrependo de nada.

A não ser de como deixei as coisas antes de ir embora.

15
Alice Cooper

Andar de bicicleta, pensar antes de falar besteira e outras coisas que você só aprende na prática

Estou espiando por uma fresta da persiana enquanto Denis se infiltra entre as dezenas de jornalistas que estão acampados na porta da nossa casa há mais de um dia.

Eles tentam falar com meu cunhado, com seus celulares e câmeras apontados pro coitado que só quer trazer as compras do mercado para dentro em paz. Mas pedi que ninguém dissesse nada à imprensa, e minha família pode ter todos os defeitos do mundo, mas não são desleais.

Por isso fiquei tão ofendida quando Lia insinuou que poderia ter sido um deles a publicar aquele vídeo.

Bom, tecnicamente foi, mas tenho certeza de que Maggie jamais faria isso se seu córtex pré-frontal já estivesse um pouco mais desenvolvido.

Ontem, logo após Lia ter ido embora, recebi o café da manhã na cama por meus pais, que tentaram conversar sobre o assunto comigo, mas usei o pretexto de precisar responder os e-mails de trabalho que ignorei nos últimos dois dias e eles me deixaram a sós.

Dei o meu máximo pra terminar aquele artigo noite passada, só para evitar pensar na bola de concreto que ganhava mais peso em meu estômago cada vez que eu pensava em Lia Steele.

E no jeito que ela foi embora.

E nos nossos beijos.

E sobre como, apesar de terem sido só quatro dias, sinto falta dela como se tivéssemos vivido juntas por muito mais tempo.

E consegui. Mais ou menos.

Ter sabido desde o começo como isso ia terminar não tornou as coisas mais fáceis para mim. Só me tornou uma idiota com consciência.

— Como esses caras descobriram nosso endereço? — pergunta Denis, assim que fecha a porta atrás de si.

— É a internet, meu bem, não é tão difícil assim — responde Addy, tomando a sacola de compras dos braços dele.

Olho mais uma vez para todas aquelas pessoas espalhadas na rua. Virou uma verdadeira aglomeração. Lia Steele conseguiu aumentar o contingente populacional de Bibury em, ao menos, 10%.

— Nossos vizinhos devem estar curiosos — diz minha mãe ao sentar-se no sofá logo atrás de mim. — Será que eles acham que nós viramos celebridades?

— Ou isso ou que cometemos um crime — sugere meu pai, enquanto se senta ao lado dela com uma xícara de café.

— Que horror — mamãe repreende. — A senhora Mirtes do 354 não vai acreditar se eu contar o que aconteceu.

— Mas você não vai contar — digo, virando-me para eles. — Né?

— Ela é só uma senhorinha, Allie, não vai dizer nada pra ninguém.

— Uma senhorinha fofoqueira. Lembra quando ela espalhou pra rua inteira que o papai tava te traindo só porque ela viu um carro parecido com o dele estacionado na casa da viúva Jones?

Meus pais riem com a memória.

— Bem lembrado.

— Eu deveria voltar pra Londres — digo, cruzando os braços. — Não é justo que vocês tenham que ficar presos em casa por minha culpa. E a Clara precisa do carro dela.

— De jeito nenhum que vamos deixar você voltar sozinha pra Londres com esse bando de abutres atrás de você! Não se lembra o que aconteceu com a princesa Diana quando ela estava fugindo dos paparazzi? — diz meu pai. Ele teve sua fase obcecado com a família real britânica. — Somos uma família e vamos passar por isso juntos.

— Seu pai tem razão. Além do mais, você teve seu coração partido e nada melhor do que o colo da sua mãe pra amenizar uma dor assim.

— Do que você tá falando? Eu não tive o meu "coração partido". A gente mal se conhecia.

— Alice, podemos não passar mais tanto tempo juntas, mas eu ainda sou sua mãe. E eu tenho olhos, acima de tudo. Você não conseguiu esconder quando quebrou aquele vaso que eu ganhei de casamento, não conseguiu esconder sua primeira menstruação ou seu primeiro beijo e não consegue esconder o quanto gosta daquela americana.

Eu pisco diversas vezes, atordoada.

— Você sabia do vaso esse tempo todo e nunca disse nada?

— Eu nunca gostei dele. — Ela balança os ombros. — A questão é: você não precisa se esconder. Estamos aqui pra te ajudar a passar por isso, como uma família.

Me rendo e me jogo no sofá entre os dois.

— Posso ir até Londres devolver o carro da sua amiga se precisar — meu pai diz, coçando o queixo.

E, graças ao que Lia me disse sobre linguagens do amor, eu imediatamente sei que é o jeito dele de dizer que está ali por mim. Tenho quase certeza de que foi dele que herdei a minha inabilidade de expressar sentimentos com palavras; o contrário da minha mãe, que sempre foi uma pessoa verbal.

— Me desculpem por essa confusão. Sei que nunca venho visitar, e que não sou a pessoa que vocês esperavam que eu fosse, mas...

— Alice, você é exatamente a pessoa que nós esperávamos que você fosse — minha mãe diz, para o meu completo choque. — Você é independente, inteligente, esforçada e, acima de tudo, é boa. É claro que nós gostaríamos que você viesse visitar mais vezes, mas não poderíamos pedir uma filha melhor.

— Mas vocês reclamam o tempo inteiro do meu trabalho, e sei que meu pai gostaria que eu tivesse feito uma faculdade diferente.

— Allie, só digo essas coisas porque me preocupo com o seu futuro, não é porque eu queria que você fosse outra pessoa — ele se explica, com as sobrancelhas franzidas. — Já estou velho, e gostaria te ter tido alguém para me avisar de certas coisas quando eu tinha a sua idade. Mas os tempos estão mudando rápido, e talvez eu seja só um cara desatualizado.

Não consigo segurar o riso.

— Talvez. Mas é bom ouvir isso, porque por muito tempo eu achei que ia precisar provar que merecia a admiração de vocês e ser como a Addison.

— Bobagem. Nós sabemos que você e a Addy não tem nada em comum...

— A não ser a audácia de trazerem ianques para a minha casa — diz meu pai, em tom de brincadeira, e então me lembro onde aprendi meu apelido favorito para estadunidenses.

— E tá tudo bem — completa minha mãe.

— Mesmo? — pergunto.

— Mesmo — ela responde. — E tenho certeza de que, se você der um tempo a essa garota...

— Mãe, eu já passei por coisas piores. Vou superar Lia Steele. — Levanto do sofá. — Mas agora eu vou mandar mensagens pra Clara e perguntar se ela precisa do carro esta semana.

— Então você vai ficar? — pergunta mamãe, com um sorriso esperançoso no rosto.

— É, eu vou.

Estou vigiando Peter, que está em cima da bancada da cozinha enquanto os pais dele cozinham o jantar pra toda a família. É o mínimo que posso fazer, depois de ter condenado todo mundo ao confinamento por todos esses dias.

Minha missão é não deixar ele cair, o que parece simples, mas em um segundo que deixo meus pensamentos divagarem, o danadinho já se virou e se esborrachou no chão. Como ninguém quer que isso aconteça, dou o meu máximo para mantê-lo focado nas pelúcias e nos cubos de madeira que estão espalhados ao redor dele como uma fortaleza.

É um bom jeito de não pensar na bagunça que está minha vida.

— Você tá com uma cara tão tristinha — diz Addy, me olhando com certa compaixão. — Sinto muito por tudo isso.

— É só a minha cara normal.

— Não. Sua cara normal é a de quem está prestes a morrer de tédio. *Essa* — Ela aponta o dedo pro meu rosto. — é sua cara de triste e miserável.

— São sentimentos parecidos. — Balanço os ombros. — Vai passar — digo, mas soa mais como um voto de esperança do que uma certeza.

— Você é minha irmãzinha caçula e eu odeio te ver assim. Tem alguma coisa que eu possa fazer?

— Você é médica. Que tal um coma induzido com alto risco de amnésia permanente?

Meu cunhado deixa escapar uma risadinha do outro lado do cômodo. Um cheiro bom de frango com legumes toma conta do ambiente quando ele abre o forno.

— Eu tô falando sério.

— Eu também.

— Por que você não manda uma mensagem pra Lia e pergunta se está tudo bem? — sugere Addy.

— É melhor dar um tempo, acho. Foi o que a mamãe disse.

— Bom, ela é uma das pessoas mais famosas do momento. Uma busca no Google e eu aposto que teremos respostas.

— Ou um monte de mentiras que as pessoas inventam para ganhar dinheiro. Não dá pra confiar em tudo que a gente lê na internet. Estou falando como uma pessoa que *escreve* coisas pra internet.

— Ator de cinema, Henry Bradford, se pronuncia sobre o vídeo viral de ex-namorada Lia Steele. Em entrevista para a HotPop, ele disse: *"Eu não fazia ideia que ela gostava de garotas."*

— Que filho da...

— Alice! — Addy me interrompe e aponta pro bebê Peter, como se ele pudesse entender o que estou dizendo.

— Que *babaca*. Ele mereceu aquele "não" em público — resmungo. — O que mais estão dizendo?

— *"Uma quedinha por ingleses? Tudo que nós sabemos sobre a garota misteriosa do vídeo com Lia Steele."* E aí embaixo está dizendo que você é inglesa como o Henry, e é isso o que sabem sobre você. Achei de mau gosto, mas pelo menos tem muitos comentários dizendo que você é gata.

— Justo. — Balanço os ombros. — Isso é tudo tão estranho.

— Se você ficar famosa, eu vou passar a guarda das crianças pra você no meu testamento.

— Ei! E eu? — pergunta Denis.

— Você pode visitar elas na mansão da tia Alice de quinze em quinze dias.

Nós rimos.

— Eu não vou ficar famosa. Foi tudo um grande delírio. Em breve ela vai aparecer em algum programa de TV dando uma entrevista dizendo que tudo não passa de um mal-entendido e que somos só amigas, porque ela é hétero.

— Mas ela é?

— O quê?

— Hétero?

Quero dizer que não.

Nem se ela nascesse de novo.

Mas é o segredo da Lia, não meu.

— Vou deixar *ela* responder essa pergunta quando achar que é a hora. — Me levanto, com Peter nos braços, seus quase 10 quilos me fazendo perceber que preciso me exercitar mais.

— Agora, se me dão licença, eu vou assistir alguns mais alguns episódios de "Miraculous Ladybug" para me distrair do fato de que a internet inteira quer saber se eu beijei Lia Steele.

Depois da janta, subo pro quarto para me deitar. Vai completar cinco dias que estou em Bibury por causa dessa maluquice de jornalistas e sites de fofoca, mas a boa notícia é que a prefeitura pediu que eles tirassem os carros da rua porque estavam bloqueando as passagens, então eles estão em cada vez menos número.

Clara disse que eu podia ficar com o carro, mas está me fazendo pagar pelo transporte dela até o trabalho. Nada mais justo, porém espero que eu possa voltar pra casa logo.

Ela tentou, sem sucesso, falar comigo sobre o que aconteceu, e é a minha informante número um sobre as redes sociais de Lia Steele, que continuam sem nenhuma postagem desde aquela fatídica quinta-feira em que nos encontramos.

Me aproximo do beliche e subo a escadinha para a cama de cima. O cheiro doce do perfume de Lia Steele sobe dos lençóis para o cérebro em poucos movimentos. O globo espelhado está tão perto que quase consigo tocá-lo.

Eu nunca tinha subido aqui depois de crescer tanto, e a visão que tenho do quarto e da janela é panorâmica. Addison devia se sentir como uma pequena imperatriz daqui de cima, o que talvez explique por que ela é tão mandona.

É esquisito estar no seu quarto de infância e sentir que tem algo faltando, porque esse é um dos poucos lugares onde a vida faz sentido.

Tiro o meu celular do bolso e faço uma coisa da qual não me orgulho nem um pouco: abro a foto que Lia Steele tirou da gente a caminho de Bibury e fico olhando pra ela, como se pudesse absorvê-la para dentro da minha mente.

É bom ver ela de novo.

E sei que, se eu quisesse, bastava abrir o Google que ele me daria mais de mil fotos da loira em todas as qualidades, roupas e poses possíveis. Mas era diferente. Nenhuma delas seria a Lia que conheci, porque sinto que eu tinha uma versão dela só pra mim.

Deus...

Quando fiquei tão sentimental?

Antes que eu bloqueie a tela e vá dormir, recebo uma notificação de mensagem da Clara, me dizendo que acabaram de anunciar uma entrevista com Lia Steele no programa daquela lésbica loira baixinha da NBC.

16
Lia Steele

A linha tênue entre a sensação de quase morte e estar prestes a contar uma mentira em rede nacional

Não é mentira quando dizem que Nova Iorque é a cidade que nunca dorme, mas o fato de eu ter dormido no máximo seis horas seguidas nos últimos dias não é culpa da minha cidade.

É porque eu sou uma idiota.

Estou no estúdio da NBC para a minha entrevista com Hellen DeGrasse, segurando um calhamaço de papéis com possíveis perguntas e respostas que minha assessoria de imprensa e eu preparamos.

Mas não conseguir me concentrar para memorizar todas elas me deixa ansiosa. A certeza de que eu vou acabar dizendo alguma coisa comprometedora que vai ecoar nos quatro cantos da internet faz meu estômago revirar.

Num gesto automatizado, seguro a mão da minha mãe, que está sentada ao meu lado no sofá do camarim onde eu espero.

— Por Deus, Lia, você tá suando frio — ela diz, pegando lenços de cima da mesinha de centro.

— Eu sei — resmungo. A parte inferior do meu lábio está em carne viva, porque eu não consigo parar de mastigá-la. — Será que eu estou fazendo a coisa certa?

— Você sabe o que eu penso. — Ela dá de ombros, enquanto seca o suor da minha mão e do meu rosto.

Eu estava disposta a contar tudo. Contar que o vídeo era exatamente o que parecia: duas garotas que se gostam olhando uma para outra de um jeito afetuoso. Contar que sou bissexual e não tenho nenhum problema com isso. Só que, após longas horas e dias de discussões intensas com a minha equipe, tudo que eles disseram sobre outros artistas que saíram do armário na última década me fez ficar menos corajosa sobre a minha decisão.

Sei que eles fizeram o trabalho deles, e não os pago para receber opiniões pessoais, mas sim leituras honestas das possíveis repercussões das minhas ações.

Então por que parece que eu estou prestes a estragar tudo?

— Você me diz desde sempre que com grandes poderes vêm grandes responsabilidades... — começo, depois dou um suspiro. — Não acha que estou sendo responsável?

— Você sempre foi uma garota responsável. Por você, pelas pessoas que trabalham com você, pelos seus fãs. Quando você disse aquele "não" pro Henry e sumiu por Londres, foi a primeira vez que eu me senti como a mãe de uma adolescente rebelde.

— Eu sei. Me desculpa mais uma vez...

— Deixa eu terminar. Me senti assim, mas aí percebi que você não é mais adolescente faz tempo. Você é uma mulher, a mais incrível que eu conheço. E, vamos combinar, se tem uma coisa que aquele palhaço mereceu foi ser rejeitado na frente de todo mundo.

Acabo rindo. Sei que é terrível, mas não consigo discordar. Não depois de ele ter dado aquela declaração tão desleal, sem sequer considerar ter algum respeito pelos anos que tivemos juntos.

— E depois, teve aquele vídeo — ela continua. — Quando assisti, foi como se eu tivesse voltado no tempo e visto você antes.

— Antes?

— É. Antes de tudo isso. Eu sempre soube que essa vida que você escolheu teria um preço alto, só que os anos foram se passando e eu acho que não consegui perceber o quanto você mudou para se acomodar nesse mundo. Mas aí eu te vi tão confortável com aquelas pessoas, tão *você*, com os olhos brilhando, e percebi que estava com muita saudades daquela pessoa.

— Mãe... — tento interromper, porque os olhos dela estão marejados e, se ela chorar, vou chorar também.

— Está tudo bem. — Ela pisca várias vezes, afastando as lágrimas, depois enxuga o restinho delas com mais lenços. — Seja lá qual for a sua escolha, sempre vou te respeitar, porque eu te amo. *Muito*.

— Eu sei. Eu também te amo.

— Meninas, vamos entrar ao vivo em dez minutos — avisa Jack, batendo na porta. — Lia, você está pronta?

Estremeço.

— Sim.

Não.

Já estive no programa da Hellen outras vezes. Ela é simpática, sensível, bem-humorada, sabe como conduzir uma entrevista como ninguém, e acho que eu não poderia ter escolhido lugar melhor.

Estamos ao vivo no instante em que me sento na poltrona de frente para a dela, e espero que nenhuma câmera consiga captar o quanto estou nervosa.

Essa deve ser a minha quinta ou sexta vez aqui, mas é o tipo de situação com o qual não dá pra se acostumar, porque programas ao vivo são sempre imprevisíveis.

— Lia Steele, senhoras e senhores! — Hellen anuncia meu nome para a plateia, que vibra junto com ela. Eu nunca vi nenhuma daquelas pessoas, mas sorrio e aceno pra elas, depois volto a olhar pra Hellen. — É um prazer enorme ter você aqui de novo.

— Obrigada por me receber — respondo, com um sorrisinho cordial.

— Bom, você sabe como eu amo receber uma fofoca em primeira mão — ela diz, e o auditório cai em risadas. Soa sensacionalista, mas essa era a intenção. Uma das estratégias de contenção de danos é tratar assuntos delicados com humor, assim as pessoas param de dar importância a eles mais rápido. — Você teve uma semana agitada, se eu me lembro bem, e as pessoas estão se perguntando: o que diabos está acontecendo com Lia Steele?

Acabo rindo, nervosa.

— Essa é uma excelente pergunta — digo. — Eu nem sei por onde começar...

— Que tal por aquele pedido de casamento desastroso? — Hellen sugere. — Tenho certeza de que tem um monte de gente por aí repensando seus pedidos de casamento por medo de acabarem como Henry Bradford.

Certo.

Eu me preparei pra isso.

— O que eu posso dizer? — Balanço os ombros. — Às vezes a gente só descobre que não está com a pessoa certa quando a ideia de passar uma vida inteira ao lado dela passa diante dos nossos olhos.

— Você tem um argumento muito bom.

— As pessoas acham que as mulheres vieram ao mundo pra suprir as expectativas de um homem, e quando veem alguém fazendo o contrário ficam escandalizadas. Mas, se eu puder dar um recado para todas as mulheres que estão me ouvindo: nunca deixe as vontades de um cara se sobreporem às suas.

— Eu que o diga. Você precisava ver a cara dos meus pais quando eu disse que não queria homem nenhum — ela brinca, e as pessoas riem outra vez, me fazendo simular um riso. *Ah, não.* Chegamos *naquele* assunto. — O que nos leva ao segundo evento bombástico dessa semana: um vídeo seu com outra garota tem dado o que falar nas redes sociais, e agora o mundo inteiro quer saber: quem é ela, e o que vocês estavam fazendo ao redor daquela fogueira?

E estava esperando por essa pergunta também, mas lê-la em um roteiro é bem diferente de ouvi-la e precisar verbalizar a resposta.

Ela é uma amiga, tento dizer, mas não sai nenhum som da minha boca. *É só uma amiga muito próxima.*

Nada.

E quando eu olho para a plateia outra vez, é como se eu pudesse reconhecer alguns rostos.

Vejo minha mãe e seu semblante sereno e confiante, que me faz acreditar que eu posso fazer tudo. Vejo meus fãs, que além de escutarem fielmente às minhas músicas estão comigo para o que der e vier. Vejo Kylie White e as outras pessoas que machuquei ao longo dos anos por guardar meu segredo por tanto tempo. Também vejo Alice, e torço para ela estar assistindo ao programa agora, onde quer que esteja.

Enxergo naqueles rostos as pessoas de todas as letras da sigla da comunidade LGBTQIA+ que estão no armário junto comigo, mas que, ao contrário de mim, não podem sair dele sem arriscar a própria vida. E como talvez seja importante que exista alguém com o alcance que eu tenho para dar o primeiro passo.

— Vocês querem saber a verdade? — pergunto à Hellen, que já está inquieta em sua poltrona depois de todo esse tempo de silêncio. Ela assente com um movimento da cabeça e, antes de prosseguir, eu respiro bem fundo. — A verdade é que eu não posso contar pra vocês quem é a garota do vídeo. — Todo o auditório faz um "*Ahhh*" em desapontamento. — Mas posso falar quem *eu* sou. Durante toda a minha carreira, eu tenho falado sobre sentimentos nas minhas músicas. Não à toa, já que sou uma pessoa muito sensível e uma romântica incorrigível. Sentir alimenta a minha inspiração, o meu trabalho, e é o que me mantém viva. Por isso, a melhor versão de mim mesma aparece quando me deixo ser verdadeira sobre o que eu sinto.

Hellen está olhando para mim com os olhos esticados e as sobrancelhas arqueadas. Ela sabe o que vai vir em seguida.

— E o que eu mais amo sobre esse trabalho é que eu coloco a minha alma e meu coração nas minhas músicas e, quando as pessoas escutam, elas se identificam e se conectam com elas de um jeito maravilhoso. Ver os outros se enxergando no que eu escrevo e canto é simplesmente a melhor parte de tudo isso.

— Eu preciso dizer que você realmente faz músicas capazes de quebrar e de consertar corações, Lia — Hellen diz durante a minha pausa. — Essa mulher escreveu a trilha sonora da minha vida e nem sabe disso.

As risadas ecoam pelo estúdio, deixando o clima mais leve.

— O que estou querendo dizer é que só sou capaz de fazer o que faço porque autenticidade é a base de toda a minha carreira. E, sabendo disso, não seria justo chegar aqui e mentir sobre quem eu sou e sobre o que eu sinto. — Há um silêncio súbito no ambiente. Ninguém ousa dar um pio ou se mexer. *Vai, Lia, você pode fazer isso.* — Dito isso, eu quero deixar vocês saberem que sou bissexual... — Minha fala é interrompida por gritos e, por alguns instantes, tenho medo de serem gritos de repúdio, mas na verdade são gritos de empolgação. E palmas. Não consigo não sorrir. — E, caramba, é muito bom dizer isso em voz alta.

+✧・✦・+

Quando a entrevista termina, a hashtag #LiaSteeleIsBissexual (#LiaSteeleÉBissexual) está nos *trending topics* mundiais do Twitter. E isso tem um significado enorme para mim.

Recebo mensagens dos meus amigos, e até de Kylie White. Algumas pessoas estão chocadas, mas todas elas estão felizes por mim.

As DMs do meu Instagram estão repletas de pessoas me parabenizando, me dando boas-vindas à comunidade LGBTQIA+ ou contando suas próprias histórias de autodescoberta e aceitação. Vejo um ou outro comentário homofóbico e maldoso, mas eles estão soterrados por todo apoio e carinho que estou recebendo.

— Você conseguiu — diz Jack. — Não só saiu do armário, como chutou a porta e ateou fogo nele.

— Estamos orgulhosos — diz minha mãe, me puxando para um abraço.

— Mesmo? — pergunto, meio arfante. — Porque não sei se fiz a coisa certa, mas parece que acabei de tirar uma tonelada dos meus ombros. É como se eu pudesse flutuar.

— Acho que isso responde muita coisa.

— É isso, então? Não preciso mais me preocupar em me esconder todas as vezes que estiver com uma garota? Ou trocar os pronomes das minhas letras sempre para o masculino?

Minha fala me faz lembrar de Alice no meio de todo esse caos, e como eu espero que ela tenha me assistido até o final e, quem sabe, esteja feliz por mim agora.

Eu sei que *eu* estou. Mas, ainda assim, sinto vontade de ouvir qualquer que seja o comentário sarcástico que ela faria sobre o assunto.

E só existe um jeito de eu não perder o *timing*.

17
Alice Cooper

O que ninguém conta para nós sabe-tudo é que às vezes estar errada é a melhor coisa que pode te acontecer

Fui injusta com Lia Steele.

Ela não é nem um pouco covarde, e ter dito isso porque ela não queria se assumir foi uma estupidez enorme.

Depois de passar dias tendo minha vida revirada por jornalistas e milhares de pessoas na internet, senti na pele um pouco do que ela vive há anos. E, me conhecendo como me conheço, esse era o único jeito para que eu entendesse, então *bem feito para mim*.

Assistir aquela entrevista foi como um tapa muito bem dado na minha cara. Passei o resto da noite com o celular na mão, o número de Lia diante dos meus olhos enquanto eu pensava em mil maneiras de me desculpar. Mas não tive coragem de apertar o botão para ligar.

Quem diria que a covarde da história era eu o tempo todo?

Quando acordei esta manhã, estava tudo quieto pela primeira vez em muito tempo. Meu pai foi dar uma volta pela rua para se certificar, e todos os jornalistas e paparazzi enfim foram embora. Acho que eles conseguiram a história que queriam, afinal.

É bom me sentir normal outra vez, e saber que posso voltar pra casa. Por mais que eu esteja gostando de estar aqui com a minha família, sinto falta de Londres e de poder ficar sozinha com meus pensamentos.

Vou precisar de muitas horas de introspecção para entender o que foi essa última semana na minha vida, e possivelmente de muitos meses para superar Lia Steele.

Só sei que começar agora não é uma opção, já que meu cunhado não cala a boca sobre o assunto.

— Está todo mundo comentando sobre a entrevista da Lia no meu grupo de Steelers desde ontem — ele diz, na mesa do café.

— Steelers? — pergunto.

— É como chamam os fãs da Lia Steele — Addy explica.

— Ah. Eu deveria saber. O que as pessoas estão dizendo?

— Muita coisa. Tem quem esteja em choque, tem quem diz que já esperava. Vocês não fazem ideia do tanto que eu estou me coçando para dizer que isso tudo foi culpa da minha filha — Denis responde.

— Nem brinca com uma coisa dessas. Já foi um inferno lidar com toda aquela gente acampada aqui. Quero viver no anonimato pelo resto das nossas vidas — diz Addy.

— E você, Alice? — pergunta minha mãe. — Como está se sentindo? Você não fala nada desde ontem.

— Eu sei lá — digo, balançando os ombros. — Fico feliz que tudo tenha acabado, e que Lia tenha se assumido.

— Mas?

— Não tem "*mas*".

— Se lembra do que eu disse sobre você ser uma péssima mentirosa?

Ergo o rosto para encarar minha mãe com os olhos cerrados. Não quero dar o braço a torcer e dizer que eu gostaria que as coisas tivessem sido diferentes. As possibilidades rondam a minha mente em espirais sinuosas, e eu só queria poder fazê-las sumir.

Se Maggie não tivesse postado aquele vídeo, *se* eu não tivesse sido estúpida, *se* eu tivesse coragem de ligar para Lia e dizer como me sinto...

Se, se, se...

— Eu vou ficar bem — respondo. — Por enquanto só estou feliz de poder pisar na calçada sem ter uma câmera apontada para o meu rosto.

No segundo seguinte, como se a vida estivesse curtindo com a minha cara, escutamos batidas na porta.

— Acho que falei cedo demais — digo, levantando-me.

— Eu posso atender se você quiser — oferece meu pai.

— Não, deixa comigo. Estou precisando descontar o meu mau humor em alguém.

Suspiro, então caminho em direção à porta, pronta para jogar no lixo toda a boa educação que meus pais me deram.

Mas, quando giro a maçaneta e abro a porta, não é um jornalista enxerido que está do lado de fora, e sim a loira com o par de olhos azuis mais bonitos que eu me lembro de ter visto.

Lia Steele tem um sorriso pequeno nos lábios e as mãos escondidas atrás do corpo. Pisco algumas vezes, para ter certeza de que não estou alucinando.

Mas ela continua ali.

Lia pegou um avião de Nova Iorque até Londres, depois veio até Bibury e está na minha porta.

O que *caralhos* está acontecendo?

— Oi — digo.

— Oi — ela responde, sem tirar o sorriso do rosto. — Vim buscar os óculos escuros que você não devolveu.

Eu rio de nervoso.

— Mas é claro. Entra. — Dou dois passos para trás, fazendo passagem para ela. — Eles estão no meu quarto.

Quando Lia passa pela porta, a minha família está reunida na porta da cozinha; um bando de bisbilhoteiros olhando para nós.

Subimos as escadas e nos sentamos no colchão do beliche inferior. Ela olha nos meus olhos e meu primeiro reflexo é desviar o rosto para outro canto. Mas o quarto é pequeno, e Lia está tão perto que olhá-la é inevitável.

— Eu assisti a sua entrevista noite passada — digo. — Você foi incrível.

Ela estica o sorriso um pouco mais.

— Obrigada.

— Não me agradeça. Na verdade, queria te pedir desculpas.

Respiro fundo e hesito, porque não sei por onde ou como começar.

— Estou ouvindo.

— Eu não tinha o direito de dizer o que eu disse a você naquele dia antes de você ir embora. Cada pessoa tem o próprio tempo de se assumir e, até essa rua estar repleta de gente e as pessoas na internet começarem a revirar minha vida de ponta-cabeça, eu não fazia ideia de como tudo isso pode ser enlouquecedor.

— Sinto muito por isso, eu nunca quis...

— Eu sei. — Estendo a minha mão para pegar a dela, sem quebrar o contato dos nossos olhos. Lia entrelaça os dedos nos meus e isso me causa um arrepio. — Só queria dizer que agora eu entendo pelo menos um pouquinho, e espero que a minha falta de noção não tenha te empurrado a tomar uma decisão tão importante.

É Lia que desvia o olhar primeiro. Uma expressão pensativa toma conta de seu semblante e ela suspira, depois me olha outra vez.

— Eu estaria mentindo se dissesse que te conhecer não foi uma das causas que me levou a dizer aquelas coisas ao vivo na televisão, só que... Não foi *só* isso, sabe? Foram horas e mais horas de reuniões com a minha equipe para decidir o que fazer e o que dizer e quando nós enfim resolvemos que eu ia varrer essa história para debaixo do tapete, não consegui. E contar a verdade foi tão libertador, que não me deixa com nenhuma dúvida sobre ter sido a decisão cer...

Num impulso, beijo Lia antes que ela termine. Meu coração está acelerado e os batimentos aumentam ainda mais o ritmo quando sinto os lábios da loira encostando nos meus.

É doce, quente e extasiante.

Então somos nós duas, nesse fim de mundo, juntas.

E parece certo.

O beijo começa lento, e eu aproveito cada segundo para matar a saudade. Lia inclina o corpo em minha direção, tomando o controle e acariciando os cabelos da minha nuca.

— Por que você está aqui? — pergunto, quando nossas bocas precisam se afastar para puxar o ar.

— Por isso. — Ela volta a me beijar, com mais intensidade desta vez, mas eu me afasto outra vez.

— Tem certeza?

— Não confia em mim?

— Não é isso... É que você é *você*. Lia Steele, a queridinha dos Estados Unidos. Eu sou *só eu*. Moramos em continentes diferentes, somos diferentes, e isso tudo parece complicado demais.

— Alice, eu sou apenas uma garota. — Ela pausa, com uma das sobrancelhas arqueadas e um pequeno sorriso. Não entendo, até que ela prossegue: — Na frente de *outra* garota...

— Pedindo a ela que te ame? — Gargalho, sem acreditar que ela está citando Notting Hill para mim num momento feito esse. — Você é inacreditável.

— Quer que eu vá embora?

— Não! — respondo rapidamente, segurando o rosto dela entre as minhas mãos. — Eu só acho que a gente precisa pensar no que estamos fazendo, ou pelo menos ir com calma.

— Podemos ir com calma. — Lia sorri, depois desce da cama e fica de joelhos na minha frente. — Alice Cooper, você aceita ir a um encontro comigo?

Meu rosto esquenta, e é iluminado por um sorriso de orelha a orelha.

— Pode ser.

— *Pode ser?* — Ela se coloca de pé, com as mãos pousadas no quadril. — Só isso?

Eu rio, me levanto e seguro as mãos dela.

— Me desculpa, eu estava nervosa. A verdade é que eu adoraria ir a um encontro com você, Lia Steele.

Nos beijamos de novo, sob o globo espelhado que gira e salpica os reflexos da luz amarelada do sol por todo o quarto.

Epílogo

Lia Steele

A protagonista daquele filme se perguntou se todos os amantes sentem que estão inventando algo novo e a resposta é sim

Às dez da noite, passo pela porta do Caffeine Dive e aceno para o barista. Ele está surpreso ao me ver, mas acena de volta.

Caminho por entre as mesas até chegar na mesa onde Alice está sentada, esperando por mim. Diferentemente da primeira vez em que nos vimos, sento-me ao lado dela, mas assim como naquela noite, só há nós duas aqui.

— Você está atrasada — diz Alice.

— Cinco minutos. — Eu mostro a tela do celular. — Será que você pode ser um pouquinho menos britânica?

— Não é culpa minha se ianques não sabem respeitar horários.

Eu rio, depois jogo os braços sobre os ombros da morena.

— É a segunda vez em menos de sete dias que eu atravesso o Oceano Atlântico num jatinho para te ver e é assim que você me recebe?

Depois que eu fui até Bibury e a convidei para um encontro, foi um desafio encontrar tempo na minha agenda. Principalmente com todos os convites que eu recebi para participar de eventos, programas e entrevistas.

E, por mais que existam comentários não solicitados sobre eu ter saído do armário para chamar atenção, já que meu nome ainda está em alta, houve uma onda de artistas e influenciadores que se assumiram também.

E eu sorrio com cada história.

Além de tudo, consegui achar um espacinho na minha agenda para sair com a garota que eu gosto. E como é bom vê-la de novo.

— Estou triste pelo meio ambiente, mas muito feliz por mim. É o meu jeito de dizer que senti saudades. — Alice me beija, e a intensidade com a qual retribuo o beijo torna desnecessário dizer que senti saudades também. — E, sem querer dar spoiler desse encontro, mas já que você nunca se cansa de dizer que eu sou insensível e antissocial, eu fiz uma pesquisa intensiva para fazer desta a noite mais romântica da sua vida.

Encaro ela com as sobrancelhas erguidas.

— Mal posso esperar.

Sem rodeios, Alice tira um pequeno arranjo de peônias de dentro da bolsa.

— Eu sei que rosas vermelhas são convencionalmente as flores mais românticas, mas eu acho que o verdadeiro romance está nos detalhes, por isso escolhi as mesmas flores do jardim da minha casa.

Meus olhos brilham ao segurar o presente e um sorriso enorme se desenha nos meus lábios, porque não consigo esconder o quão radiante e surpresa estou.

— E não acaba por aqui. — Ela pega o celular e abre o aplicativo de músicas. No instante seguinte, "To All Of You" do Syd Matters está tocando nos alto-falantes. É uma das músicas que nós ouvimos a caminho de Bibury. — Eu pedi ao barista pra conectar o som com o meu celular, e fiz uma *playlist*.

— Ai, meu Deus. — É tudo que consigo dizer, porque acho que essa é uma das coisas mais bonitas que alguém já fez por mim.

O barista se aproxima da mesa com uma taça de milkshake enorme e dois canudos dentro. Quando ele a coloca na mesa, consigo ver o desenho de um coração vermelho feito com cobertura de morango no topo.

— Obrigada, Sam — diz Alice, e eu me toco que só agora sei qual é o nome dele. — Esse não tem nenhum significado marcante, mas eu achei que você fosse gostar de dividir o milkshake comigo como se estivéssemos numa comédia romântica dos anos 90.

— Você acertou em cheio — digo, sem conseguir parar de sorrir.

Ela tira uma foto nossa enquanto tomamos a bebida juntas. O gosto é de baunilha.

— Minha irmã me perguntou como está indo o encontro, mas não esquenta, vou mandar no modo temporário para não correr o risco da Maggie colocar as mãozinhas nela.

— Então vocês se falam por mensagens agora?

— Acho que sim. Nada como um escândalo midiático para unir uma família.

— Tá vendo? Há males que vêm para o bem.

— Mais ou menos. As pessoas ainda me param na rua de vez em quando me perguntando se eu sou a garota do vídeo que fez Lia Steele sair do armário. E, nossa, é difícil ter que dizer que não.

Dou risada, entre mais um gole generoso de milkshake.

— Estou me sentindo uma pessoa terrível por arruinar sua vida. E olha só tudo isso — digo, me referindo ao esforço que ela fez para que esse momento fosse perfeito. — Você pensou em cada detalhe e eu só apareci.

Sem avisar, Alice segura meu rosto entre as mãos e me beija outra vez. Os lábios gelados e com gosto de milkshake de baunilha me esquentam por dentro, e é viciante. Mas, infelizmente, a morena recua.

E quando abro meus olhos ela tem um sorriso travesso no rosto.

— O que foi? — pergunto.

— É que eu não sou a melhor pessoa do mundo em demonstrar sentimentos, mas não significa que eu não os sinta. Ainda não sei quais são as suas *linguagens do amor*, por isso eu fiz tudo isso. Queria que você soubesse o quanto eu me importo. E que estou apaixonada por você.

— Você...

— Por favor, não me faz dizer outra vez — ela pede. — É meio assustador.

— Quer que eu diga de volta?

— Você pegou um jatinho de Nova Iorque até aqui, então...

— Tempo de qualidade.

— O quê?

— É a minha linguagem do amor principal.

— Ah. Isso até que faz sentido, considerando que bastou um fim de semana grudadas para você ficar caidinha por mim. — Ela ri enquanto eu reviro os olhos; mas as maçãs do meu rosto esquentam porque é verdade. — Bom saber.

— E a sua? Você já sabe qual é?

— Uhum. Toque.

— Está dizendo isso só pra eu te beijar?

— É. Você me pegou.

Funciona, porque eu a beijo, sem pensar duas vezes.

Capítulo Extra
Alice Cooper

Antes de namorar uma cantora famosa, considere avaliar se você tem bateria social o suficiente para ir ao Met Gala

Sempre dividi com o mundo uma das minhas poucas curiosidades sobre o mundo dos famosos: a *after party* do Met Gala. E hoje era o dia em que eu enfim teria a minha curiosidade sanada, mas, graças ao aniversário de casamento dos meus pais — a 7 horas de distância de Nova Iorque de jatinho — vou ter que me contentar só com a parte tediosa do evento.

Foram semanas de PR *training*, provando roupas cujos valores poderiam possivelmente revolucionar o PIB de alguns países, mas que me faziam sentir como a própria Rosamund Pike naquele filme em que ela dá golpe em velhinhos.

Após quase um ano, esse é o primeiro evento grande ao qual comparecerei como a namorada oficial de Lia Steele. Apesar da longa viagem que faremos amanhã, não pude dizer não. Eu estaria mentindo se dissesse que não estou nervosa, mas Lia está empolgada para caminhar ao meu lado no tapete vermelho e ouvir meus comentários sarcásticos sobre as roupas excêntricas das celebridades.

O tema deste ano é inspirado num conto de um autor britânico, J.G. Ballard, ambientado em um jardim repleto de flores translúcidas que manipulam o tempo. Por coincidência, eu o li durante a faculdade e considerando a pegada *New Wave*, que é repleta de histórias distópicas em eras de apocalipse ecológico ou de tecnologias mirabolantes, sinto que terei muito a dizer.

— A equipe de produção vai chegar daqui a duas horas — disse Lia. — Só mais esse episódio e a gente vai tomar banho.

Estamos no apartamento da loira em Nova Iorque, ou melhor: na cobertura duplex. Acho que nunca visitei todos os cômodos, mesmo tendo me perdido algumas vezes.

— Nós estamos no penúltimo episódio dessa temporada, de jeito nenhum que eu vou assistir o último e correr o risco de ficar maluca com outro *cliffhanger*. Sempre tem um *cliffhanger*. — Depois de muita insistência, ela me convenceu a assistir "Grey's Anatomy" e agora eu me encontro obcecada pela vida de um bando de médicos que morrem mais do que salvam a vida dos outros. — Vamos fazer alguma coisa para comer.

— Você sabe que vai ter um jantar, certo?

— É. Mas só daqui a cinco horas e a chance de o prato principal ser alguma coisa envolvendo fungos ou algum fruto do mar da zona abissal é grande.

Ela ri.

— Você tem o paladar infantil demais para quem só bebe vinho seco.

Nos levantamos da cama e eu desligo a TV para irmos para a cozinha, que fica a uma caminhada e uma escada de distância. Passamos pelo corredor, onde agora há uma pequena coleção de retratos emoldurados. O meu favorito é o da viagem que fizemos para Lake Tahoe, onde Lia e eu estamos em cima de uma prancha de *stand up* no famoso lago cristalino.

Meu trabalho remoto me permite acompanhar minha namorada para todo os cantos, mesmo que seja a trabalho. Não vou dizer que não adoro ser levada pra passear com ela como se eu fosse seu cachorrinho de bolsa, porque estaria mentindo, por mais que sinta falta de Londres algumas vezes.

— O que a gente vai comer? — ela pergunta, assim que chegamos na cozinha, que é um dos menores cômodos da casa e ainda assim equivale a dois terços do meu apartamento no Walworth. — Ou melhor: o que você vai cozinhar?

— Acho que dá tempo de fazer um talharim com molho branco e bacon que eu aprendi... *no TikTok*.

— É nessas horas que eu não me arrependo de ter feito você se viciar nesse aplicativo.

Ela sorri, segura meu rosto entre as mãos e me dá um beijo na ponta do nariz enquanto reviro os olhos.

— São só as receitas. E aqueles vídeos engraçadinhos que fazem de nós duas.

Os Steelers estão o tempo todo postando edições com compilados de fotos e vídeos meus com a Lia. Eles nos chamam de #Lialice ou #Alicia e, apesar de ter achado esquisito no começo, comecei a gostar de alguns. Não vou confessar pra ninguém, mas assisto vários deles quando ficamos longe uma da outra por muito tempo, é um bom jeito de matar a saudade.

— Aposto que as fotos de hoje vão dar muito material para os fãs do casal. Espero que você não mate ninguém do coração com aquele blazer.

— Não exagera. Inclusive, é injusto que você tenha visto a minha roupa, mas eu não tenha visto a sua. Não é o nosso casamento.

— Não, mas é o Met Gala, e eu quero que seja uma surpresa.

— Nossa! Você vai ser a mais bonita de todo o evento, que surpresa... — ironizo, com um sorrisinho no canto dos lábios.

Ela me beija e o sorriso aumenta.

Apesar de a moça do vídeo ter dito que o prato demorava meia hora para ficar pronto, demoro pelo menos uns quarenta e cinco minutos, porque Lia me distrai falando sobre todas as pessoas que estarão lá, de quais ela gosta e quais não gostam muito dela. Conheço alguns dos nomes — os óbvios tipo Beyoncé, Katy Perry, Zendaya e, é claro, Anna Wintour, porque "O Diabo Veste Prada" é um dos meus filmes favoritos. É estranho e ao mesmo tempo surreal pensar que vou vê-la pessoalmente.

— Isto aqui ficou incrível — diz minha namorada, enquanto comemos. Eu abro um sorriso presunçoso. — Os chefs deste ano vão ter que se superar para competir.

— Não adianta, eles não têm o meu ingrediente secreto.

— O que é? Amor?

Minha expressão se contorce em uma careta.

— Não. Raspas de gengibre refogadas com cebola e alho na gordura do bacon.

Lia gargalha. Ela sabe que fiz de propósito.

— Uma das melhores partes de namorar com você é que eu nunca sei quando vou ouvir uma coisa romântica ou uma gracinha. Costuma ser a segunda opção, mas nunca se sabe.

— E você me ama por isso.

— Isso e a sua pontualidade. E, falando nisso, é melhor a gente ir logo tomar aquele banho.

— Tem razão. — Me levanto da mesa, tirando os dois pratos agora vazios. — A propósito, o que acha de usar aquele do quarto de hóspedes? Este lugar tem cinco banheiros e a gente sempre usa o mesmo.

— Eu nunca usei aquele, mas a banheira é grande o suficiente. Liga a água e eu te encontro lá em dois minutos.

— Vou contar.

— Certo. Três. Preciso ligar pro Jack para me certificar de que ninguém vai chegar aqui antes das quatro.

— É bom mesmo — digo, por fim, saindo do cômodo com um sorriso sugestivo.

✦❋✦

Minhas pernas estão dormentes por todas as horas que passei sentada nessa cadeira, esperando terminarem o meu cabelo e a minha maquiagem. É claro que no fim estou impecável — eu fico muito bem de delineador, e a sombra azul cintilante combina com os detalhes do meu blazer.

Lia está em outro quarto, com outra equipe e, assim que fico pronta, agradeço ao time de maquiadores e cabeleireiros, depois mando uma foto minha diante do espelho para Clara. Estou usando um conjunto de linho preto, calça e blazer sobre uma blusa de cetim Azul Celeste. Flores e borboletas foram bordadas em degradê Azul Tiffany e Capri, com detalhes em topázio da mesma cor.

Eu poderia comprar um apartamento com essa roupa. E uma geladeira com o salto prateado de tiras.

Minha melhor amiga responde com um: "Você está linda. Se encontrar com a Zendaya, mente que é meu aniversário e pede para ela gravar um vídeo mandando um beijo pra mim."

E depois:

"Manda foto da Lia também, pra eu poder dizer pra galera do trabalho amanhã que eu vi o look dela antes de todo mundo."

Dou risada, me jogando no sofá da sala de estar enquanto espero minha namorada terminar de se arrumar. Não é o nosso casamento, mas tenho certeza de que no dia vai ser a mesma coisa. Ela é a última a ficar pronta até quando vamos na casa de amigos.

Aproveito o tempo livre para responder as mensagens de Addy perguntando que horas ela tem que estar no aeroporto amanhã para pegar uma carona de jatinho. Sairemos às sete da manhã, para dar tempo de chegar em Bibury com alguma antecedência antes do jantar de Bodas de Pérola dos nossos pais.

Depois que Lia e eu começamos a namorar, minha irmã nunca mais pagou uma passagem de avião para o Reino Unido.

— Você está pronta? — Jack pergunta pra mim, surgindo do corredor. — Esse vestido vai mudar vidas. Mudou a minha — diz ele, olhando para o fim do corredor, onde Lia provavelmente está.

Me pego prendendo a respiração ao ouvir os passos da minha namorada se aproximando e só a solto ao colocar os olhos nela. Lia está usando um vestido de seda cuja frente imita as asas da borboleta *Morpho menelaus*. Os tons combinam com o bordado da minha roupa e o tecido cai até os joelhos em camadas com a mesma textura.

Seus cabelos estão presos num coque, com algumas mechas soltas na frente, e as joias e os sapatos também têm borboletas azuis com detalhes em dourado.

— Eu diria que você fica linda de azul, mas todo mundo sabe que é o azul que fica lindo em você — digo, caminhando em sua direção para beijá-la, mas ela esquiva com um sorriso.

— Vai borrar o batom! — adverte, e eu faço um biquinho. Então ela me dá um beijo rápido, sem encostar demais os lábios.

Por um instante, tudo em que consigo pensar é em como estou ansiosa para arruinar aquela maquiagem mais tarde e tirar aquele vestido.

— Acho que podemos ir, o trânsito até o museu vai estar um inferno.

— Tem razão, mas eu prometi pra Clara uma foto antes — digo segurando na cintura da loira e estendendo meu celular para o empresário dela. — Jack, nos faria esse favor?

— É claro. Sorriam.

Nos aproximamos mais, os rostos quase colados enquanto Lia joga um dos braços sobre meus ombros.

— Essa vai pro Instagram. Depois que vocês passarem pelo tapete vermelho e o mundo todo presenciar o acontecimento que é o casal #Alicia, é claro — diz ele, nos fazendo dar risada.

— Por que não estou surpresa que você deu um jeito das nossas roupas combinarem? — digo, a caminho da saída.

— Porque você conhece a namorada brega que você tem. Eu não ia desperdiçar a oportunidade de afirmar outra vez para as pessoas que estamos juntas.

O rosto dela se ilumina com um sorriso, o que arranca um de mim também.

Seguimos para a garagem, onde três Rolls-Royce Phantom esperam por nós; um para nos levar até o museu e dois para a dianteira e retaguarda da segurança.

Acho que nunca vou me acostumar com isso.

Assim que nos acomodamos na parte de trás do carro luxuoso, Lia segura minha mão. Sua palma está úmida, meio gelada e apesar do egoísmo envolvido no sentimento, fico aliviada por não ser a única que está nervosa.

— Sei que é clichê dizer, mas vai dar tudo certo — digo, sabendo que isso é algo de que quero me convencer também.

— Eu sei. É que faz tempo que não compareço a eventos como esse acompanhada. Meu ex nunca ia comigo, a não ser que pudesse ser favorável à carreira de ator dele.

— Mesmo? Depois daquele pedido de casamento público, eu pensei que ele era do tipo exibido.

Lia ri.

— Ele era, quando era importante *para ele*.

— Todos os dias eu sou um pouco mais feliz por seu último álbum com as músicas falando mal dele ter ganhado o AOTY.

O caminho até o evento é demorado, as ruas ao redor estão abarrotadas de carros, gente da imprensa e os convidados. Chegar na entrada parece uma grande conquista e, ao chegarmos, preparo meu psicológico para todas aquelas câmeras pela última vez.

Quando a porta do carro é aberta, somos guiadas por Jack e os seguranças até a ponta do tapete vermelho. A quantidade de pessoas e câmeras é impressionante, e um tanto intimidador. Mas já lidei com isso algumas vezes nos últimos tempos e posso fazer de novo, contanto que Lia esteja ao meu lado.

— Vamos entrar a qualquer momento. Você está bem? — minha namorada pergunta.

— Nunca estive melhor — minto, com um sorrisinho sarcástico nos lábios. — Você?

— Acho que vou desmaiar.

Seguro o rosto da loira entre as minhas mãos, então dou-lhe um beijo rápido, daqueles que não mancham o batom.

— Não esquenta. Se você desmaiar, a gente inventa que era uma performance — digo, fazendo-a rir. Usar o senso de humor para dispersar a tensão virou a minha principal função nesse relacionamento.

— O jeito que você me conforta enquanto faz piada com a classe artística é muito fofo. E meio ofensivo.

— Preciso gastar um pouco aqui antes de entrarmos para me controlar na hora do jantar. — Ela dá risada outra vez. — Agora vamos, temos uma longa caminhada pelo tapete vermelho.

— Certo. Lembra do que eu disse, é impossível olhar para todas as câmeras de uma vez só, então quando estiver na dúvida só olha pra mim e vai dar tudo certo.

— Com prazer.

Então esperamos pelo sinal, a nossa deixa para começar a andar em direção ao tapete, que está adornado por arranjos de flores coloridas e jogos de luzes que deixam o cenário ainda mais sofisticado. Há uma barricada de jornalistas, seus celulares e suas câmeras por todas as partes.

Lia e eu estamos caminhando lado a lado, com a cabeça erguida e uma das minhas mãos está em sua cintura. Quando começam a chamar nossos nomes para que olhemos para as câmeras, apenas copio o que minha namorada está fazendo, ou olho para ela para que meus olhos descansem de tantos flashes.

Ao pararmos na base da escadaria, ela olha para mim também e sorri, ao passo que sorrio de volta. É como se, por um instante, fôssemos só nós duas ali. Lia é a mulher mais bonita que eu já vi e não sei dizer o que eu fiz para merecê-la, mas sei que sou grata todos os dias por isso.

Eu e ela, duas mulheres que se amam no tapete vermelho de um dos principais eventos do mundo: não importa o que eu pense sobre o mundo da fama e das celebridades, esse momento merece entrar pra história. É a primeira vez em que espero que alguém tenha tirado uma foto de nós duas.

 Assim que posamos para as câmeras e Lia dá algumas entrevistas rápidas, entramos no museu, onde consigo enxergar alguns nomes grandes da cultura pop em suas mesas, conversando pelo salão.

 — Viu? Não foi tão ruim assim — diz Lia. — E amanhã todos falarão sobre como somos o casal mais bonito de todo o evento.

 — Não é uma competição — digo, envolvendo-a pelo quadril com meus braços. — Mas se fosse, a gente ganharia.

 — Obrigada por fazer isso por mim. — Ela me beija, agora longe das câmera, mas atraindo alguns olhares nada discretos. E não poderíamos nos importar menos. — Agora vem, eu preciso te exibir... Quero dizer, *te apresentar* para todo mundo.

 Lia me puxa pela mão como se eu fosse um poodle de estimação e ela, minha dona. Acho que essa seria uma boa dinâmica para descrever nossa relação em qualquer contexto.

 E eu a amo por isso.

Posfácio

COMO SE FOSSE *fanfic*

Terminar um livro é sempre uma experiência indescritível. Escrever as últimas páginas, dar um final à história de personagens que me acompanharam por tantos meses e por quais eu tenho tanto amor e carinho. E, apesar de se tratar de uma republicação com algumas modificações (pra melhor!!!), saber que essa obra chegará em tantas pessoas novas e estará nas livrarias faz meu coração ficar quentinho e cheio de esperança. De mais a mais, toda a motivação que mantém meu trabalho vivo vem das pessoas que me cercam e das que encontrei pelo caminho.

Em primeiro lugar, agradeço à minha mãe, Fabiana, minha maior fonte de amor e de força nessa vida todinha. Eu não seria nada sem você, e nem quero ser.

Agradeço também à minha família, o apoio de cada um de vocês foi fundamental para que eu seja a escritora que sou hoje.

Um obrigada às minhas melhores amigas: Larissa Batista, por ler cada parágrafo das minhas histórias (mesmo as que nunca têm fim), e ser minha irmã de alma que mora em outro estado; Ariane Schuab, por confiar tanto em mim, rir das nossas piadas horríveis e também falar mal de todos os homens que já pisaram na face da Terra; Julie Pedrosa, por segurar minha mão nos piores momentos, brigar por mim e ser a melhor colega de Airbnb que eu poderia ter para as minhas aventuras; Isa Souza, por me incentivar tanto, completar as minhas frases e ser a pessoa com quem eu posso contar para pagar minha fiança caso um dia precise (eles não durariam uma hora no hospício onde nos criaram). Cada uma de vocês escutam meus podcasts em forma de áudio com desabafos e histórias malucas, estão ao meu lado nos momentos de dúvida e celebram cada pequena vitória comigo.

Agradeço imensamente também à equipe da NewPOP, meu editor Junior e aos profissionais que acreditam na importância de dar voz a narrativas que representam a realidade de tantas pessoas. Obrigada por apostarem em mim e na minha história.

Não é fácil ser escritora no Brasil, e menos ainda escrever histórias de amor entre mulheres. A falta de representatividade nas grandes mídias sempre foi uma frustração. Crescer sem ver histórias como a minha refletidas nos livros, filmes e séries foi doloroso, mas também me deu a determinação de preencher esse vazio. E que bom que eu não sou a única trilhando esse caminho, então fica aqui meu agradecimento e admiração aos autores e artistas LGBTQIA+.

Escrever "Como se fosse fanfic" foi uma tarefa que realizei com muito amor, mas também com consciência das responsabilidades e desafios que isso envolve. Agradeço ao meu público, minhas leitoras fiéis, por todo carinho comigo. Vocês são a grande inspiração por trás de cada página. Este livro é para vocês e por vocês.

Por último, mas não menos importante, você, leitor que escolheu meu livro. Sua curiosidade, apoio e amor pela leitura são dignos de ovação. Espero que esta história tenha tocado seu coração e te inspirado a buscar e criar mais representatividade em todas as formas de arte.

Com amor,

Victoria Mendes
Junho de 2024

COMO SE FOSSE *fanfic*

Como se fosse fanfic - Todos os direitos reservados.
© Victoria Mendes

DIRETORES
Gilvan Mendes Fonseca da Silva Junior
Ana Paula Freire da Silva

ADMINISTRATIVO
Cibele Perella & Monaliza Souza

EDITOR
Junior Fonseca

AUTORA
Victoria Mendes

DIAGRAMAÇÃO
Carlos Renato

REVISÃO
Débora Tasso e Julia Maria

ILUSTRAÇÃO DE CAPA
Paula Milanez

Como se fosse fanfic é uma publicação da NewPOP Editora. É proibida a reprodução total ou parcial de textos e ilustrações por qualquer meio sem autorização dos responsáveis. Todos os direitos reservados.

Como se fosse fanfic is a publication of NewPOP Editora. No portion of this book may be reproduced or transmitted in any form or by any means without written permission from the copyrigth holders. All rigths reserved.

NewPOP Editora
São Paulo/SP
www.newpop.com.br
contato@newpop.com.br

Dados Internacionais de Catalogação na Publicação (CIP)
Jéssica de Oliveira Molinari - CRB-8/9852

Mendes, Victoria
  Como se fosse fanfic / Victoria Mendes. - São Paulo :
NewPOP Editora, 2024
  200 p.

ISBN 978-85-8362-339-7

1. Ficção brasileira I. Título

24-0075   CDD B869.3

Índices para catálogo sistemático:

1. Ficção brasileira